外伝元禄忠臣蔵　その時人々は動いた

本の泉社

目次

第一章　赤穂城開城（江戸節源太）

元禄忠臣蔵　別章　武士道の掟（矢頭右衛門七の巻）

第一章　赤穂城開城（江戸節源太）

一、江戸節源太

日光街道を千住に抜けて江戸に入った一人の旅人は、春の匂いがただよう春一番のから風の中を吹き抜けて江戸は日本橋の魚河岸の雑踏を後に霊岸島に来て、甲州屋の武吉宅をみつけると、風雨にさらされた破れ三度笠と道中合羽を取ると、敷居越しに小腰をかがめると丁寧に仁義を切ったのは元禄十四年春三月である。歯切れのいい江戸前で流れる様な挨拶に、仁義を受けた武吉の子分の捨蔵は、これは唯者じゃない奴だと思って仁義を切った男の顔をじっとみつめてみると、日焼した顔の左眉間から斜めに掛けて大きな傷痕が残っているが、その顔は実にいい男前だ。大きく見開いた眼光はこの男の前歴を物語っている様だ。旅から旅へと渡り歩いて来た渡世人のなにかいいしれぬ哀歓さえ漂っている様だ。手甲、脚絆も古びて旅の垢がしみ込んでいる。捨蔵は仁義を受けながらもなにか背筋に冷たい物が走る思いさえも感じていた。江戸節源太と名乗った男は一宿一飯の恩義を受けて、武吉の家へ草鞋をぬいだとすぐに小部屋に案内された。すると直に子分が膳を運んで来た。受け取った男は子分に礼を言って形にはまった食事を作法通りに取って、残った魚の骨を懐紙に包むと後片付に席を立った。膳を手伝女に渡し小銭を女に渡して礼を言って元の小部屋に戻ると腰に差した煙草入れを抜くと、旨そうに一服している所へ、仁義を受けた捨蔵が再び顔を覗かせると親分の武吉が逢うと言って来た。捨蔵の案内で奥座敷に入った源太は、武吉の前に両手をついて一宿一飯の挨拶を丁寧に述べた。型通りの源太の挨拶を受けると、武吉は待っていたかの様に口を切った。

「旅人さん…」

と言って一寸間を置いてから言葉を続けた。

「旅人。一宿一飯の恩義を笠に着せる訳じゃねえんだが、お前さんを男と見込んで頼みてい事があるんだが……」

と言って武吉は、下から源太の顔を覗く様にしてみた。

「へぇ…?」

源太も武吉の顔をじっとみつめながら次の言葉を待った。

「実はな…草鞋をぬいだばかりのお前さんに直ぐにこんな頼みを頼み込める筋合じゃねえ事は好く分ってはいるんだが…どうしても渡世上一人殺さなければならねえ野郎がいるんだ。其奴を殺らなけりゃ男がたたねえんだ‼。今夜その野郎と決着をつける為に主だった連中でこれから殴り込みを掛ける所なんだが…相手のその野郎は話に聞けば武家に手解きを受けた様で相当の使い手の様だと聞いているんだ。そこで一人でも助っ人が欲しい。そこでだ、お前さんに頼みてぃのはその腕を貸しちゃ呉れねえかと思ってね…どうだろうその腕を貸しちゃ呉れめぇか無理は承知で言っているんだ。草鞋を脱いだばかりの人にこんな頼み…この胸の内を分ってやっておくんなさい。此処の所は一つ曲げて頼みを聞いてやっては呉れねえか…これこの通りだ」

言って武吉は源太の前に両手を着いた。言われた源太は一瞬苦い顔をしたが直ぐに、頭を下げる武吉に、

「どうぞ親分さん、どうぞお手をあげておくんなさいまし。お話は好く分りました。渡世上の義理と云う事もございます。ご恩を受けましたばかりではご座いますが、私の腕がお役に立ちますんなら親分さんのお頼みこの源太喜んでお供させて頂きますが…私は唯の旅鴉後見人としてのお供でよろしいのでご座いますね」

と源太はきっぱりと言った。

「ああ…いやそれで結構なんだ！有難うよさっそくの話を聞いて呉れて…そうかいそうかい有難うよ旅人さん」

と武吉は満面一杯に笑みを浮かべて、

「よし‼これで話はきまった。捨蔵‼皆に仕度をさせろい！…」

と捨蔵に言ってすっくと立ちあがった。

二、闇打ち

吹き抜けていた風もややおさまっていた。薄暗くなりかけた道を霊岸島を出て稲荷橋を渡って隅田川の川沿を、喧嘩仕度の武吉を先頭に代貸の政吾郎、般若松、湊の三五郎に捨蔵、岩五郎と云う子分の五人が続いた。その後を源太は遅れぬ様に足早に追っていった。鉄砲洲河岸にさしかかった時だ。足音を飛ばして一人の男が奔って来ると、

「親分！親分‼…弥八の野郎は間もなく此処を通ります。野郎は一刻前に慌てた様に家をでましたんで。後を付けますとね浅野様の上屋敷に這入りました。なにかやけに慌てている様子でしたが…今しがた浅野様の屋敷を出ましたんで、間もなく此処を通ります！…」

と息を切らして注進したのは、子分の一人すっ飛びの音松と云う男だった。

「そうか。そいつは好都合だ。此処で一気に弥八の野郎を殺ってしまおう…手前達それぞれに身を隠せ」

と叫んだ。武吉の命に子分達は一斉に夕闇に身を沈めた。

「なんでなんで…これじゃまるで闇打ちじゃねぇか！…」

源太は心の中で舌打ちして腹の中でつぶやいていた。

夕闇の向うから二人の男の姿が浮かび上った。二人はなにやら夢中で話しあいながらやって来た。

「親分、なにか大変な事になりましたね…浅野様はこれから一体どうなるんでしょうかね？…」

「そいつは俺にもさっぱりと分らねぇ…唯よお殿様が切腹をさせられるてんだから、お家は断絶なんて事になりかねねえのさ……そうなったら大変な事よ。ご家来衆だって、黙っちゃいねだろうし……唯よ問題が問題よ。もし仇討なんて事になりゃお上に刃向う事になるんだぜ…こいつは一寸厄介な事になるんだが…」

「て言うと。仇討は出来ねて言うんですかい」

「そうよ…滅多な事は言えねえが相手はお上の事だ。ご政道の事だから俺たちヤクザ者の喧嘩出入りとは訳が違うんだ…赤穂のご家老様大石様がこれから大変だろうよ。ご家来衆を纏めて行くのがよ…俺も早駕籠のご用が済んだらすぐにでも赤穂へ飛んで行ってみるつもりだ。なにかこんな時にお役にたたなけりゃよ、ヤクザ家業の俺達を堀部の旦那がわざわざ口入れ稼業を世話して呉れたんだ。そのご恩に対してもなにかしなけりゃ、俺達半端者の出る幕がねえじゃねぇか。そうだろう金蔵」

話し声が近づいて来た。二人は今鉄砲洲河岸に足を踏みいれたその時だった。

「今だ！行け!!」

武吉の声が飛んだ。身を隠していた七人が一斉に二人を大きく取り囲んだ。はっとした金蔵がとっさに弥八の体を庇った。時に飛出した般若松の突出した刃が金蔵の脇腹に突きささった。

「わあっ…やりやっがたな!!手前達何者だい！闇打ちなんぞ汚ねぇぞ!!」

必死の金蔵は苦しい息の根をあげて叫んだ。なおも弥八を守ろうとするがその場にくずれ落ちた。

「金蔵!!しっかりしろ!!…」

言って弥八は咄嗟に隅田川を背にしてすっくと立って、

「手前たち、俺を船松町の弥八を知っての闇打ちかい！」

弥八は後からの攻撃を避けた咄嗟の構えであった。柳の木を背にしながら源太は、弥八の行動を目で追って、〝出来る〟と思った。金蔵と呼ばれた男を気づかいながらも七人の男を迎えうった弥八の構えには、ヤクザ稼業の棒振り剣法とは訳が違う様だ。相当の腕の様だ。剣を極めた達人の手解きを受けていると即座に見て取った。

その時正面にいた湊の三五郎が、躰ごと弥八に向って突進していった。怖い物知らずのヤクザ剣法で、一気呵成に弥八に向って突き進んだが…どう身を交したのか三五郎の躰が宙に一回転するや隅田川に水音をあげて頭から落ちていた。〝野郎〟と捨蔵、岩五郎の二人が同時に声をあげて諸手突きに飛び込んだが、一瞬、二人の刀が空に飛び、あっと云う間に二人は抱き逢う様にして川へとたたきこまれていた。武吉の子分はまたたく間に三人隅田川に消えていた。残った武吉を真中に政吾郎、般若松の三人は餘りの手際に一瞬呆然となっていた。〝腕が違いすぎるぜ〟と源太は思った。

「誰で‼名のりやがれ‼名のらねえのか…」

弥八は三人に声を掛けながら一歩前にすーっと出た。

「うるせいや！…手前を殺らなけりゃ渡世の義理がたたねんだ」

政吾郎が大声で叫んだ。

「渡世の義理だと！馬鹿野郎‼俺達ヤクザが大手を振って歩けるのは何方様のお蔭だと

思っていやがるんだ!!だがよ今この世の中が大きく動く様な事件が起きようとしているんだ。そんな大事な時に渡世の義理だのと馬鹿な事を言っている野郎共と附合っている程俺の躰は暇じゃねえんだ！…」

弥八は吐き捨てる様に言った。

「ぬかしゃがったな!!大口をたたくのもこれ迄だ!!」

代貸の政吾郎は叫ぶと同時に、弥八に向って突き進んだ。刀を左右に大きく振り度胸剣法の命知らずの暴れ形だった。前の三人より度胸だけは上の様だが、大きな躰で弥八に向って突進して行った。刀を二、三合するやその刀も空にたたき落され、肩口を切りつけられて、よろよろと後さがりするや、どっと腰くだけの様にその場に坐り込んでしまった。もうこれまでと武吉は怒りくるった。弥八の前に仁王立ちになった。般若松も武吉の勢いに勇気づけられて弥八の左へ左へと廻った。

「松!!…」

武吉が叫ぶと同時に、般若松は左から武吉が正面から同時に弥八に向って切り込んで行った。武吉は上段から振り下ろした剣に手答えを感じたが、それは先に斬込んだ般若松の肩口を切りつけていたのだ。〃しまった〃と思った時には、弥八は松の切先をさけると右に大きく動くと同時に武吉に真っ向から振り下ろしていた。二人の悲鳴が同時に流れた。武吉の片腕が空に飛んでいた。

三、浅野内匠頭切腹

隅田川に水音が続いておこった。己の身を恥じた武吉が先に隅田川に飛び込んだのだ。政吾郎も般若松もそれを見ると、あわてふためく様に武吉の後を追う様にして、自分から隅田川に身を投げていた。それをじっと見届けた弥八は、身を振り戻すと、

「其の人、やりなさるかい…」

と木蔭の源太に声を掛けて来た。言われた源太はすーっと一歩前に出ると、

「恐れいります…親分さんにはお初におめに掛ります。手前江戸節の源太と申します。親分無しの旅鴉でござんす。ご縁がありまして霊岸島の武吉親分の所へ一宿一飯の恩義をいただきましたる者。親分さんにはなんの意志遺恨はござんせんが、旅鴉の運命でござんす。親分さんに刃を向けますでござんす！」

と流れるような挨拶を送ると同時に、さあっと腰の三尺を抜いた。

「これはおそれいります。ご丁寧なご挨拶痛みいります」

と弥八も返事をして、二人はぐっとにらみ合った。源太の構えをみた弥八が舌を巻いた。これは唯物じゃない。この構え腰のすわり唯のヤクザ者じゃない。元は二本差！躰のすみずみまでスキが無いのだ。これは俺に剣を教えて呉れた堀部安兵衛の旦那と斬り逢っても、この男は負けねぇかもしれねぇ…と弥八は瞬時に思った。瞬間弥八は一歩後にさがって、

「旅人さん‼済まねえが一寸、一寸待ってやっておくんなせい。男伊達を張っている俺れっちだ。命のやり取りは決して恐しい訳じゃねぇが旅人さん、お前さんの腕には勝目がねぇ…いや分る分るんだ…其処でお前さんに一つだけこの弥八頼みがあるんだが…」

と弥八が言った。

「頼み？…なんでござんす…」

言われて源太は怪訝な顔を向けた。

「実は今、命のやり取りをする相手のお前さんに、こんな事を頼むのは筋道じゃねぇかも知れねぇが。どう見たって腕の相違、お前さんにゃこの俺は勝目がねぇ。否俺には好く分る。お前さんのその腰のすわり刀のさばきは唯のヤクザじゃねぇ…馬鹿を承知でなった稼業だ。こんな時が来る事は何時でも思ってはいたが、時が時だけにどうにも気掛かりでい

けねぇ…実は旅人さん頼みと云うのは、私にとって大恩ある浅野様に一大事が起っているんだ。私は直ぐにも赤穂へ飛んで行きたい気持で一杯なんだが…俺が此処で死んだら旅人さん、済まねえが船松町の弥八宅へ依って、俺の死んだ事と、大恩ある浅野様の一大事、お殿様は今夕ご切腹がきまった、子分で腕の起つ奴等を集めて赤穂へ行き大石様の手助けをする様に伝えてやっちゃ呉れめぇか…」

言って弥八は男らしく源太の前に頭を下げた。

「赤穂のご家老大石様?の事か?……!」

「そうだ。その大石様だ。浅野様は本日殿中松の廊下において吉良上野介様に御刃傷。直ぐに取りおさえられて愛宕下田村右京大夫様のお邸におあずけの身となられ、ご切腹がきまったのだ。この先お家が断絶になるやも知れねぇ…赤穂のご家来衆の事が心配でならねぇ…どうにもこうにも気掛かりでならねぇのさ…こんな大事をお前さんに打明けるのも、お前さんを男とみこんでの頼みだ。どうかこれだけは必ず伝えておくんなさい。船松町の弥八一生の頼みだ」

言って弥八は深々と頭を下げた。聞いていた源太は、しばらくして、

「親分さん、分りました。済まねぇがちょっと片腕をあげておくんなさい」

と言った。

言われた弥八は、

「この腕を?…あげろって…」

とつぶやきながら弥八は思った。この男命まで取らずに俺の片腕を切るつもりか…瞬時に弥八は思った。弥八が黙って片腕をあげた瞬間、するどい気合と同時に源太の長脇差が風を切った。

「あっ!…」

と驚く弥八の着物の片小袖が空に舞って落ちた。

「渡世の義理はこれで済みました。私の顔もこれで立ちます。この片袖は頂戴してまいります。それから今のお話。この源太にもいささかご縁がござんす。この源太赤穂の大石様には三年前にご恩を受けましたる者。私もなにかのお役に立ちとうござんす。この足で赤穂へ向います。親分さんもどうか大石様のお役にたってやっておんなさいまし。それじゃご免なすって」

言って弥八にくるりと背を向けると、源太は足早に夕闇に消えて行った。

この日元禄十四年三月十四日、浅野内匠頭采女正長矩は、勅使の饗応係を仰せ付かりしが殿中松の廊下に於て、表高家吉良上野介左近少将に刃傷におよび、その場に居合せた梶川与惣兵衛に抱きとめられて思いをはたせずに愛宕下田村右京大夫邸にて切腹。これが忠臣蔵の幕明きであった。

四、影に動く人々

その時将軍綱吉は、風呂場でその報告を聞くや激怒して老中若年寄りの評定も待たずに

「浅野内匠頭を切腹させせい‼」

と命じた。報告に上った老中の一人稲葉丹後守正道は、

「仰せご尤もに存じますが、浅野内匠頭は乱心のていにて尋常の心懐を取り戻すには、しばらくの時刻を待たねばならぬかと存じまする。ご処分の儀はご猶予を願い上げ奉ります」

と乞うた。これは長矩一人の罪として、浅野家を救おうと云う好意であったが、しかし綱吉は肯《き》き入れなかった。

「余の日ではないぞ。勅使を迎えて勅諚に奉答する日ではないか…内匠頭の振舞いは公儀の威厳を地に墜した不敬きわまる失態である。許す訳には参らぬ。直ちに切腹させて天朝

に対し奉りお詫びをさせるのじゃ!!」

　この報告には老中達は顔を見合わせたが、此処に至ってはやむなく承知して、吉良上野介の処分を聞いたが、綱吉は無言で奥へ這入ってしまった。喧嘩両成敗は徳川家康以来の規則であった。ところが意外にも上野介に対しては、

「公儀を重んじて急難に臨みながらも、時節をわきまえ、場所をつつしみたる段、誠に神妙に思召される。これによって何のお構いもなし、手疵療養いたすべき上意なり…」

　と口達された。この口達は柳沢出羽守吉保がなしたのである。

　柳営随一の勢力を誇る若年寄筆頭老中、柳沢出羽守吉保は、神田橋の屋敷の奥の一間で目付所松左京を呼ぶと、

「すぐに赤穂に密偵を送れ。城代家老の大石はなかなかの人物と聞きおよぶが、この度のご沙汰に対して憤懣をご政道に向けるやも知れん。直ちに人をやって大石の動向を詳しく調べ逐一報告させせよ。場合に依っては、大石を抹殺するもやもうえん」

　吉保の命を受けた左京は、その夜の内に動いた。公儀お庭番衆は左京の命を受けるやその夜のうちに播州赤穂へと旅立っていった。と同じ頃には、上杉家江戸家老千坂兵部もまたこの事件に頭を痛めていた一人であった。米沢藩主上杉綱憲は吉良上野介の一子三郎で

あり、上杉家へ養子として迎えられた人物である。三十万石従四位下侍従兼弾正大弼《ひつ》上杉綱憲は吉良上野介の息子であった。

「春斉か⁉…」

兵部は庭の足音に向っていった。美男で彫深く鼻梁が美しく通っていて長身、頭脳の鋭さは刃物に似て、それが時には露骨に光って凡庸《ぼんよう》な人々を戦慄させる難があるが、惚れ惚れする様な美男志である。庭から姿を現したのは牧野春斉と知っていた。

「此度の事を春斉はどの様に思うか?…」

兵部は案内も乞わずに必ず庭に廻って来る春斉の顔に言った。

「はい!片手落ちかと思われます。浅野様も五万三千石の大名でご座います。吉良様にもなにかのお咎めがあって然るべきかと…」

「それよ。この片手落ちのご政道に対し頭痛の種が一つ増えたわ」

「お察し申し上げます」

「春斉!赤穂の大石はどの様に動くと読む」

兵部は春斉の顔をみて意見をもとめた。

「長矩様弟兄、大学長広様を立てて浅野家の存続を願うか…または城を枕に討死するかと…意見が別れましょうが……私は城を無事に明け渡すものと思われます」

「なに無事に明け渡すとな?…」

「はい。この度のご政道の片手落ちに対する反逆、敵討に出る物と私は思います」

ときっぱりと言った。

「うむ……その時よ恐いのは。お屋形様（綱憲公）はあのご気性じゃ。お父君上野介様を庇ってこの米沢藩三十万石をも棒に振るやも知れんぞ…そうあってはならぬのだ!!どの様な事があってもな…春斉!」

沈痛の兵部の顔を春斉はこの時初めて見たのだ。

「おさっし申し上げます。さればば私一存ながら唯今赤穂の動向を探るべく人を差し向けました」

「おぉそうか…何時もながら手早いの…唯我藩より差し向けたとは必ず察知されぬ様に行動致させよ」

「その儀なればご懸念なく。当藩の者ではご座いません。禄を離れた浪人達でござればいざと云う時には、いかようにもなりまする」

春斉はきっぱりと断言した。

五、大石内蔵助

「親から授かった命なれば大事になされよ」

と言って笑った大石良雄の顔が浮んでいた。小柄で色白で小肥りのどこといって特徴のない風貌の持主であるが、笑った顔の奥に秘められた頭脳の抜群さが滲み出ていた。三年前の夏、賭場のいさかいで土地の親分矢車の音吉一家の夜襲を受けた源太は、不覚を取ったのだ。夜陰に乗じた音吉達は源太の寝所を襲った。蚊帳の四方を切られその儘ぐるぐる巻きにされた。飛び起き様とする源太は痺れ薬に躰の自由がきかなかったのだ。宿の女中が音吉の命で酒の中に痺れ薬を入れさせられたのであった。まさか宿の女中がこれが源太の不覚であったのだ。簀巻にされた源太はその儘子分達に担ぎ上げられ千種川に投げ込まれた。明六つ（午前六時）近く赤穂大橋の河原で釣を愉しんでいた大石良雄は、上流から流れて来た異様な物体を見つけると、家僕の吉右衛門を促し引き上げさせたのだ。簀巻を解き放し源太の息の根があるのを見定めると、吉右衛門に背負いさせると我が家に戻った。躰には数ヶ所の刃傷が残っていたが、どれも致命傷では無かったのが幸いであったが、顔の左眉間から斜めに掛けた刃傷は、美男のこの男の一生の汚点となって残った。大石家の人々の手厚い看護を受けた源太は、二日目には床の上に起きあがっていた。屈強な躰と鍛えあげた精神力が源太を救ったのだ。大石は源太が床から起きる様になってから、先程の声を掛けたのだ。

「有難うご座います。若気の至りでお返し致します言葉もご座いません」

と素直に頭を下げると、

「お手前は、渡世人のような身を窶《やつ》されておられるが、元は武士と見るが？……何故にその様な？……」

と聞いて来た。

「お恥ずかしい話でご座います。大恩を受けましたるご主人さまのお問い合せゆえ申し上げますが、お聞き流し下さいまし。手前は江戸は本所に居を構えます土屋主税は、私めの兄でご座います。手前は源太郎と申します。兄は旗本直参、次男の私は唯の冷飯食いの半端者、何処その旗本の養子縁組でも無いかぎり、この世に浮かび上る事も出来ず此の世に生まれて来た甲斐もなく、そんな武士道に嫌気が刺し、遊び放題の事を致し武士を捨ててのヤクザ稼業に足を踏み入れました半端者でして旅から旅への旅鴉でござい ます。お話申し上げますのも恥ずかしいかぎりで…」

と頭を下げた。

「お腕前は相当の使い手とお見受け致すが…」

「否、お恥ずかしいだけでご座います」

「乱世の時ならば一国一城の主にもなろうお腕前なのに…太平の世ではなんの役にもたたぬという事でご座るか…淋しい話ですな」

「誠に…へぇ…」

「それだけの腕のお手前が何故に簀巻などにあわれたのじゃ?…」

「これはどうも…こいつは私の一生の不注意でご座います。まさか宿の女中が酒の中に痺れ薬を入れたとも知らずについつい安心いたしておりました。そんな所へ踏み込まれまして躰の自由がきかずにあの様な始末でご座います。ご主人様に拾いあげて頂かなければあの世行きでご座いました」

「都合好く釣りを致しておって好かったのを…」

「有難い事で…ましてこの様な手厚い看護まで頂きましてこの源太生涯このご恩忘却致しませぬ…」

「まあ気楽にゆっくりと養生なさるが好い」

と大石は笑って席をたった。

「有難うご座います…」

と言って大石の背に頭を下げた。その源太は五日目の朝には大石の前に両手を着いて別れの礼をのべて居た。大石の顔、奥方りく様の顔、そしてご子息主税様の顔が次から次へと走馬燈の様に浮んでは消えていた。

東海道は品川宿の二階から街道を見詰めながら物思いにふけり三年前の出来事を思い浮かべていたのだ。船松町の弥八と別れると直ぐにその足で霊岸島の武吉宅に戻り、弥八の片小袖を投げ込むと、その足で東海道を足にまかせて品川宿まで来ていた。安宿の表二階の大広間に座を取ったのである。その源太の耳に今階段を登って来る二つの足音に背を向けながら源太は全身の注意をはらっていた。先に登って来る足音はガタガタを音をたてる足音に続いて後から登って来る足音の運び方が源太の神経を集中させたのだ。唯の足の運びでは無いのだ。〝忍〟、忍び衆の足音と見て取った時、

「恐れいりますが、このご女中を一人合部屋でお願い致しますよ」

先に登って来た男が声を掛けたのはこの家の番頭の声だった。

「皆さんよろしくお願い致します」

と部屋の人達に明るく挨拶する透き通った女の声を聞いて源太は女か？…と思った。その時突然に街道筋が騒がしくなった。

「早駕籠だぞ‼」

街道の人々が声をあげて左右に散った。二丁の駕籠の前に五人、後に五人の担ぎ手で息せき切って走って行った。駕籠の中には二人の武士が乗っていた。源太はとっさに〝赤穂の急使と思った。大石の顔が再び浮びあがってきた。〝必ずご恩返しを致します〟と心に誓った。とその時だった。

「なんの早駕籠なんでしょうね…」

と突然に耳元で女の声がした。源太は初めて女の顔をみた。その源太の顔ににっこりと笑って源太に肩をよせる女の顔は、これが先程忍び者と思った女かと思う程、否思違いかと思う程に仇っぽい美女だったのに源太は一寸戸惑った。

「鳥追いお浜と申します。お兄さんは旅人さんですかい。合宿よろしくお願い致します」

とにっこり笑って挨拶した。

「へぇ此方こそ…」

言って源太は立ちあがると、女を避ける様に手拭を取って風呂場に向った。湯に浸ってふと考えた。あの女が忍びならば矢張り赤穂の動向を探る密偵なのか？…赤穂の人達はこれからどう動くのか。反乱なのかそれとも復讐なのか大石様はどの道を取るのか？…これは幕府方でもぐずぐずしちゃいられまい。そうか赤穂の動向が知りたい、それには密偵が否まだまだ数人の密偵が動いているものと考えねばならぬ…こうなったらすこしでも早く赤穂へ行かねばならぬと源太は思った時だ。風を切って一本の手榴剣が飛んで来た。危うく身を交すと風呂場に飛出して身構えた。その手に投げ込まれた手榴剣を握っていたが、次の襲撃はおきなかった。

六、第一の早駕籠

急変を知らせる片岡源五右衛門の書状を持った第一の早打ちは、早水藤左衛門と萱野三平の両名であった。江戸より赤穂まで百五十五里（約六百二十キロ）の道を、五昼夜で走って来たのだ。書状を抜見した内蔵助はみじんも乱れず、書状を巻き終ると、依然顔色一つ変えずに両名に労を犒《ねぎら》うと後に控えた用人に、

「家中一同直ちに登場いたすように触れるがよい」

と命じて自室に戻ると、冷たい畳の上にぴたりを坐って―どうなる？―と己に問うた―どうにもならぬ―内蔵助は主家が後方も無く消え去って行く無情を想った。家中総出仕の触れる太鼓が時ならぬ真夜中に城内から城下へひびき渡った。時ならぬ赤穂城の太鼓櫓が深夜に非常打ちに鳴らされたのは、この時が初めての事である。半刻を経ずして家臣三百余名が城内大広間に整然として坐った。内蔵助は己の席に就くと、

「ご一同！只今江戸屋敷片岡源五右衛門の書状が到着致した。これを読み上げ申す…」

言って内蔵助は内匠頭の刃傷、田村邸へお預けの経過を読んで聞かせた。読み了った時に大広間の空気は静寂となった。衝撃が余りにも大きかったのだ。三百余人は一瞬茫然自失状態に陥ったのだ。

「無念だっ!!」

一言血を吐くように叫んだ者があった。それがきっかけにすすり泣きの声が、あちらこちらで起った。内蔵助は一人冷たいまでの無表情で家中一同を見やっていた。

翌日早立ちした源太は戸塚の宿で第二の早駕籠を見送った。旅なれた源太の足は早い。やがて平塚街道に差しかかった時だ。松林の奥に人影と争う物音を聞き、源太は松林の中

へと入っていった。今数人の男達が一人の女と揉合っていた。

「静かにしろい！命までは取ろうとは言わねえ一寸の間だけ静かにして俺達の言う事を聞きな…」

と男は凄んだ。

「冗談じゃないよ…誰がお前達の自由になんかなるものかい‼」

と女は必死に暴れているが多数の男達の為にその場に押さえ付けられ、

「おいおい手前達早い所女を縛りあげろい」

一人の男の声に他の男は一斉に女に襲い掛って荒縄で女の躰を素早く縛りあげ、しかも暴れながら悲鳴をあげる女の口に猿轡を噛ませた。

「これでよし…さあ誰が先か、早ぇ所順番を決めて頂戴しようぜ！」

「おぉ…よしや早ぇ所くじを作れや…」

と男達は騒いでいる。その場に源太が飛込んだのはその時であった。

「手前達！朝っぱらからなにをやっていやがるんでい‼」

と呶鳴った。

「うるせい‼仲間でもねえ野郎がとやかく言うねえ…手前の様な野郎の指図は受けねぇ！

とっとと失せろい…」

男は源太の胸を突く様に片手を突き出したその利き腕をぐっと、わし掴みするとぐっと逆に捻っておいて締めあげた。

「い痛ててて…おい野郎共この野郎を殺っちまぇ…」

と悲鳴をあげながらも男は叫んだ。他の男達が一斉に打ち掛ったが、源太の敵ではなかった。忽ち叩きふせられて、

「覚えていやがれ」

と捨て台詞を残して逃げて行った。源太は女を助け起して荒縄をほどき、

「大丈夫かい！災難だったな（と女の顔を見て）おやこれはお浜さんじゃねぇか…」

「あっ！昨夜の旅人さん」

自分で猿轡を外し、

「助かりました…恐かった…すんでの所を…本当に有難う…」

と泣き声をあげる。やはり強い様でも女だと思いながら源太は、

「丁度好かったぜ通り合せて…」

「はい！本当に助かりました…旅人さんに助けてもらわなかったら私…どうなったか分ら

なかったわ…」

「美人さんの一人旅は危険だぜ。注意しねぇとよ…」

「すみません旅人さん。もし許してもらえるならしばらくの間でいいんです、道連れになっては頂けませんか…」

「そうでご座んすね…あの野郎達もまだ其処いらに居るかも知れねえなあ…よしばらくの間ご一緒致しましょう」

「有難うご座います。本当に助かります……旅人さんは何処まで行かれるんです」

と助け起されたお浜が聞いた。

「何処ぞと言って目的なんぞはござんせん。足の向くまま気の向くままの旅鴉でご座んすからね…」

と源太はお浜の問いをはぐらかしたと同時に、

「そう云う姉さんこそ一人旅で何処まで行くんでござんす」

と切り替えした。

「えっ！私！…私は……姫路の先の備前福河まで…私の姉が福河におりますのさ…姉の所で一寸大事の用が出来ましてね…」

と口をつぐんだ。

「へぇ備前までですかい。そいつは長旅でござんすね。姉さんみたいな美人の一人旅は一寸気掛りですぜ」

「あら…嫌ですよ美人だなんて…旅人さんはお口が旨いんですんね」言っててれた様に笑った。その顔は大変な美しさだ。目鼻だちがはっきりとして大きな瞳が実に美しい…源太はこれが先夜忍と思った女の正体とは想像出来ず、こうなったらとことんこの女の正体を確かめたくなっていた。

「いや本当！本当でござんすよ！」

と再び口にした。

「まあ…」

と女ははにかみながらも嬉しそうに笑った。

二人は肩をよせあって旅を続けた。

七、鳥追いお浜

景勝富士の峰を沼津から原宿を経て松並木が続く。二人の足はおのずと早い。源太の心は一日も早く赤穂にと心が飛んでいる。旅馴れた源太の歩行は乱をみせないが、またお浜も源太の足並みについて来ている。ゆのき、松岡を過ぎて富士川に街道は突き当たる。この川は大井川ほどではないが、東海道第一の早瀬と言われている。この川は舟で渡るのである。

「そろそろ舟をだすから乗っておくんなさい…」

と船頭が河原で待つ客に声を掛けて来た。源太はお浜をうながして土堤をおりて行った。

「舟を出すよ…船が出るよ！…」

船頭は大声で叫んだその時だった。八人の月代《さかやき》を延ばした浪人達がどかどかと舟に乗り込んで来たのだ。船内では武家と町人の坐る場所はおのずと別れているのだ。武家の場所は広く取られているのだ。浪人達は既に酒がだいぶ入っている様子で、乗り込んだ時もまだ徳利を提げていた。席に着くやまた酒盛りがはじまった。

「堀田さん！旅はまだ長いんだ。ゆっくりやりましょうや…」

一人の浪人が言った。堀田と言われた浪人は、

「酒もいいが我々の目的を忘れんで呉れよ！」

と低い声で注意した。

「分っておりますよ。いいじゃありませんか。まだまだ旅の途中だ。酒の一杯や二杯呑んだからと言って心配ありませんよ…堀田さんは心配性でいかんよ…その時が来れば我々のこの腕が必ず役に立って…」

と言ってがやがや言いながら酒を呑んでいる。乗合せた客達は触らぬ神に祟りなしと、この集団を黙ってみていた。とその内の一人の浪人が叫んだ。

「おい!!そこの女…此処へ来て酌をせい！」

と源太の隣りに居るお浜に向って言った。この浪人は先程からお浜の美貌に見とれていたのだ。声を掛けられたお浜は他人事の様に黙ってそっぽを向いていた。乗合せた人々は一斉に小さくなって事の成り行きをみつめている。

「おい女!!此処へ来て酌をせいと言っているのが聞こえんのか!!」

と嵩《かさ》に掛った様に大声で言うと急にその浪人はその場に立ちあがった。一瞬舟がぐらりと揺れた。慌てて船頭が、

「お武家様。気をつけて下さいまし。河は渓流でご座いますから、どうぞ坐っておくんなさいまし」

と注意した。

「なに!!船頭。貴奴武士の俺に向って注意をするつもりか!!」

と呶鳴った。

「いぇ滅相もございません…唯川の流れが早いもんでして…舟の上に立たれると舟が揺れますんで」

と船頭は青い顔を向けて言った。

「木戸さん坐った方がいい。船頭が言う通りだよ。舟が横転でもしたら皆が迷惑する」

この集団の親とも思える堀田と先程から呼ばれた浪人が仲間を注意した。

「船頭のぶんざいで…」

注意された木戸と呼ばれた浪人は、ぶつぶつ言いながらその場に坐ったのだが、まだお浜に未練があってか、四ッ足で歩いて来てお浜の側へよって来ると、

「女！名はなんと言う」

と言ったがお浜は無言で答えなかった。

「女！いい女だと思い下手に出ていればいい気になって…なんだ名を聞いておるんだぞ。名を答えろ!!」

とせまった。お浜の美しい顔が一瞬きりっと釣りあがって男の顔をにらみつけた。とその時横の源太が口を切った。

「旦那！こいつは私の連れ合いでご座います。不調法はご勘辨なすってやっておくんなさい」

と丁寧に言った。

「なに——…？この女は貴奴の女房だと？…」

「へぇ私の女房なんで」

とすかさず言った。源太とお浜の顔を交互にみつめた浪人は、

「よし！女房でもよい。一寸の間酌をさせろ！我々の為に一寸女房を貸せ」

と嵩に掛って必要にせまった。

「女房は不調法者でご座います。旦那方のお役にはたちませんので…どうぞご勘辨なすってやっておくんなさいまし」

と源太は静かに頭を下げた。

「いゃならぬ。酌の一つや二つ出来ぬ訳があるまい…どうでも女房を貸せぬと言うのか」

と浪人は源太をにらみつけた。

「へぇおことわり致します」

と源太はきっぱりと言った。浪人は怒りくるった。

「貴奴。見れば渡世人の様だが、武士に向って好くもぬけぬけと申したな…よし！その言葉忘れるなよ…舟が岸に着いたら決着をつけてやる、忘れるな…」

憎々しく言ってその場を離れていった。慌てたお浜が、

「すみません源太さん、私の為に…とんだとばっちりを受けちゃって…私は一体どうすればいいんでしょうか…」

と責任を感じお浜は青い顔で源太を見て心配顔になっていた。

八、謎の浪人集団

「なあに…これも渡世の運命でさ…旅は道づれていうじゃありませんか。乗り掛った舟だ！それよりお浜さんは舟が着いたら一刻も早く逃げておくんなせい」

「それじゃ余り…」

お浜は心配顔で言った。相手は八人である、どうみても相手が悪い。しかも一騎当千の浪人達の集団である。源太に勝目が無いとお浜は源太の顔をじっとみつめた。だが源太の顔は冷静であった。

舟は渓流を下って対岸に着いた。浪人達は一斉に岸に登った。心配顔のお浜に、

「足手纏いになるから岸にあがったら、早く逃げておくんなさいよ。お浜さんがいるとかえって気が散っていけねぇ。いいですね…必ず逃げるんですぜ！」

言ってにっこりと笑って念を押すと、長脇差を突いて立ちあがった。乗り合せた人達は遠廻しで事の成り行きを見ようと、岸にあがっても一人として歩き出す者がいなかった。

源太は静かに岸に登った。

「渡世人！冥土のみやげに聞いてやる。なにか言い残す事はないか」

浪人木戸甚左衛門は嵩に掛って言った。

「そのお言葉は、そっくり其方さんにお返し致しますぜ」

源太は静かに言って足場を固めた。

「ほざいたな…たかがヤクザ一匹、この木戸甚左衛門の剣を受けられるか！冥土のみやげ

に聞いてやる、名をなのれ！」

言って甚左は、さーっと剣を抜くや大上段に振りかぶった。

「通り名を江戸節源太！」

名のって一歩右足を前に出し、やや小腰をかがめて居合いの構えを取った。たかが渡世人一匹と嵩に掛っていた甚左は、源太の腰の坐り、間の取り方、そして全身にみなぎる闘志にたぢたぢとなって、大上段に構えた剣を振り降ろせなかった。事の成り行きをみていた浪人達は一斉に剣を抜いて、甚左に加勢すべく源太を囲んで円陣を組んだ。とみるや源太は素早く長脇差を抜いて剣を目の前に水平に構えた。

「待て！待て！待て！」

叫んだのはこの浪人集団の頭とも思える堀田と呼ばれていた浪人である。

「みんな手を引け…我々の目的を忘れたのか!!我々はこれから大きな目的のある身だぞ…此処で一人でも欠けてもらっては困るんだぞ…手を引け、引くんだ…」

と言って中に割って這入った。

九、大石無人

第二の早打ちが卯刻《うのとき》（午前六時）に赤穂に着いた。原惣右衛門、大石瀬左衛門の両名である。内匠頭の切腹を見届けた片岡の便りを百五十五里の道程を四日半で乗り打って来たのである。再び総出仕の触れが鳴った。家臣三百余人は大広間に於いて大石より、ご主君内匠頭の切腹と赤穂藩改易の悲報を伝えられたのである。大広間はもう静寂はなかった。内蔵助は口をつぐんで一同が興奮し、騒ぐままにまかせたのだ。

「大夫！吉良上野介は、なんのおかまいもなしとは誠の事でご座いまか？」

の問いに、

「左様…本復の上は常の如く出仕、との上意でご座る」

内蔵助の言葉に数人が立ちあがり、

「喧嘩は両成敗がご法度でござろう！」

「馬鹿なっ！これがご政道か!!…」

「いゃ許せぬぞ!!こんな事がご公儀のお裁きとは思えぬぞ!!…」

と口々に叫びたてた。

それから三日間は大広間に於いて、評議は続けられていた。さまざまな意見がしだいに捨てられ、まとめられ、やがて二派に別れた。弟君大学長広様を立てて浅野家の存続すべく、公儀に嘆訴するべきだと。この件には一同は異存はなかったが、唯これが採られずしりぞけられた場合に、家臣としていかなる態度を選ぶべきか、そのことで二派に別れたのだ。〃いさぎよく城を枕に討死〃と主張派と〃城に立て篭っては、大学様お取立ての嘆願が水の泡になる、家中解散して復図をめぐらしたが好い〃と恭順派となった。評議三日目にして、一決し内蔵助は嘆願書をしたためて、多川六左衛門、月岡治五郎の両名に出府を命じた。

その頃江戸では、播州竜野城主脇坂淡路守安照と、備中足守城主木下肥後守利康の両大名に赤穂城受城使を命じ、副受城使として荒木十左衛門、榊原采女の両名に命が下った。四月初め千五百の兵が防具を携えて、赤穂城に向って出発した。

その頃大垣城主戸田采女正より内蔵助宛に書状が届いていた。〃城を無事に明け渡すように…〃と云う内容の手紙であった。戸田采女正は内蔵助の従弟に当る人である。その書状を読み終った時である。

「内蔵助いるか!…」

と庭から大声をあげて入った来た人物があった。坊主頭で口髭男、派手な着流し姿。内蔵助の叔父に当る大石無人の活発な姿であった。

「あっ！これは叔父上様。ようお見えで…」

内蔵助は上座をあけて迎えた。内蔵助は幼いころからこの叔父が好きであった。父大石良昭は内蔵助が十五才の時に、三十四才の若さで亡くなった。それだけに我が子に教える所がすくなかった。良昭が逝った時まだ祖父内蔵助良欽が、赤穂城代家老であった。当時は父子相襲ぐ制度で、祖父から孫へ直接ゆずる事が許されてはいなかった。内蔵助は祖父大石良欽の養子となった。十九才の正月、祖父良欽が六十才で逝った時、京都の伊藤仁斉の門に居た内蔵助は、国元へ呼び戻されて城代家老の要職の後継ぎとなった。当時赤穂では山鹿素行の感化を受けていたが、若い内蔵助の相談役はこの叔父でもあった。

「好いか、何事も無理をするな。無理をすると城代はつとまらぬぞ!!」

この叔父がよく内蔵助を励まして呉れたのだ。内蔵助にとってはこの叔父の何気ない言葉が、伊藤仁斉や山鹿素行の教える所と行き当って最も重みを感じて心に残ったのである。

内蔵助の無沙汰の挨拶に、

「いやよいよい…それよりもこ度は大変な事になったの…」

の言葉に、内蔵助は事の経過を掻い摘まんで話を告げた。

「お主もこれからが大変な時じゃ。心身ともに大事に致せよ。ついてはお主の警護に一人置いて行くなにかと役に立つ男じゃ…」

言って庭に声を掛けた。築山の向うから声と同時に一人の武士が足早に来るとその場に坐った。

「宍倉蔵人《くらんど》と云う私の家臣じゃ。腕は立つ、文武両道は私の家臣随一じゃ。遠慮なく使って呉れ」

と言った。

「有難きお言葉ではご座いますが、その儀ばかりは…」

と内蔵助が渋ると、分っている様に無人は、

「分った！お主がその様に言うだろうと思っておった。でもこの件は引き込めるとするが…唯し影の警護は当方の勝手！蔵人今日よりお主は影の警護に当れ!!…」

と勝手に言って無人は内蔵助の顔をみてにやりと笑った。

十、剣風薩埵峠

お浜は待っていた。自分からおきた事である。源太の言葉通りにその場を離れたが源太の消息を知るまで途中で待って居た。源太の無事な姿をみつけると夢中で走って来ると、源太の躰に抱きついて涙さえ浮かべて礼をのべた。源太は浪人集団の木戸甚左衛門の執拗なまでのお浜に対する邪《よこしま》な行為は、このままでは終らぬと思って、お浜を一人旅にする事が気に掛っていた。いま暫く旅を一緒にする事にした。それはお浜も願った事でもあった。が源太は品川の宿で聞いた忍び者の足音がまだ頭の片隅に残ってもいた。この美しい女が忍びなどとは考えにくいのだが？…女の目的を探るのも道中の慰みにもなると考が纏まったからなのだ。お浜と一緒に旅は続いた。

富士川から一里八丁。蒲原から由比の宿場、次の興津の宿までは二里十二丁。この間に薩埵峠がある。旅なれた源太の足にお浜は負けずについて来る。矢張りこの女唯の鳥追いではないと源太は思った。山の名は磐城山と云うのが本当であるのだが、薩埵山と云う方が有名なのである。この由来は浜の漁夫の網に地蔵像がかかって拾い上げられた物である。近くの東勝院という小さなお寺に祀られた。この村が後地蔵薩埵の像から薩埵村と呼ばれて峠の名にもなったと言われている。街道がどうでも山越をしなければならないが、難所とも恐れられている。その代わりには景色は大変な美しさで富士山の称さえあると言われている。東北に富士山が聳え美しい雪峰が見えるし、その東の峰には伊豆平野が顔をみせ、平野の果ては駿河湾、その後ろに伊豆の山々が見える。三保の松原が実に素晴らしい。

麓の倉沢の小料理屋で、さざえを突っつき一休みしたのは、さすがの源太もお浜の足を想った配慮であった。そんな源太の心が嬉しいのか、お浜は浮き浮きとしてよく喋った。そんな二人をじっと見つめる幾つかの眼がある事を二人は知ってか知らずか、源太はお浜を促すと店を出た。道は登り坂だが二人の足は軽かった。すでに打ち解け合った二人である。今のお浜の心の内には源太の姿が焼き付いて離れなかった。石の地蔵様が奉られてある、その台座に真新しい草鞋が幾つか置かれてあった。村人が供養の一部にか、旅人の為を思って置いてあるのか？草鞋の切れた者は新しいのを穿き替え、代銭に何がしかの小銭を置いてゆく。旅人の善意を信じきった習慣だろうが、中にはただ取りする奴もいるだろう。こんな山中で草鞋が切れて難儀する者が多いから、村人達の善意を裏切りたくない。源太は何文か置いて新しい草鞋に穿き替えている間にお浜は地蔵様に何事が夢中で祈っていた。

その時であった。六人の浪人達が二人を囲んだのだ。源太は浪人達の顔を見たが、どれも知った顔ではなかったが、最後に顔を出したのが木戸甚左衛門と知って、やはりな、と思い、お浜と同行してやって好かったと思った。

「待っていたぞ源太!!」

と吠えた。

「旦那ですかい。後の人達は前の方々と違う様だが?…」

と顔触れを指摘すると、

「堀田新十郎達とは別れた。どうも拙者とは反りが合わぬ!…河原で堀田が留めに這入らねば、すでに決着がついていた物を…」

「旦那も相当しつこい人の様でござんすね。たかが女一人の事で…」

「そうよ俺はしつこいぞ。こうと思った女は必ず俺の物にする。たとえそれが人の持物だろうとなんだろうとな…」

とにたりと不気味に笑った。

「それで身を持ち崩しての浪人暮しですかい。笑わすぜい!!」

吐き捨てる様に源太は言った。

「ほざけ！貴奴を冥土に送って、その女をゆっくりと抱いてやるぞ。嫌がる女をゆっくりといじめぬいて抱くのもおつな物だぞ…女!!今貴奴の大事な男を嬲《なぶ》り殺してやる。それからゆっくりと可愛がってやるから、それまで待っておれ…」

言って長剣をすらりと抜いた。それが合図か後の浪人達も一斉に剣を抜いた。いずれこの浪人達は金で雇われた食い詰め浪人達だろう…とみてとった源太は、

「お浜さん、怪我をしない様に後にさがっていなせいよ…」

とお浜に声を掛けておいて、一歩前に出た瞬間、真正面に居た浪人が先陣を切る様に切り込んで来た。その剣を躰を右に開いて受け流すと同時に源太の居合斬りが、鋭い気合と同時に飛込んだ浪人の胴を切りさいていた。断末魔の声を揚げて浪人は二、三歩前によろめくと膝頭から崩れ落ちた。後の浪人達は一瞬色めきたった。怖ける浪人達を勇気づける様に、

「怯むな!!たかがヤクザ者一匹、なに程の事がある。貴公らも武士だろう、渡世人一人に何を怖ける!!」

言って甚左は、源太の前に立ちはだかった。

十一、不破数右衛門

地理的条件の不利を考えた源太は、歩行を早めると急に奔った。奔った正面の浪人者は慌てた。源太の勢いに押されて一寸逃げ腰になった。その逃げ腰に一刀を浴びせておいて尚も奔った。慌てた甚左達は後を追った。体制が一変した。源太は坂の上から見下す形になったと、くるりと走行をやめて振り返った。慌てふためき追って来た前の浪人は勢いづいて、源太の正面に奔り込んで来た。その肩口へ真向から切り下ろした。悲鳴をあげた浪人は源太の横を抜けると顔から前に泳いで倒れ込んでいった。甚左は前に立つや憎悪の目を向けた。二人の目が火花を散らしたその時だ。

「待て待て、待て！その勝負この拙者が仲裁するぞ!!…」

言って源太の甚左の中間に、大刀を鞘ごと突き出した浪人があった。

「訳は知らんが、武士として仲裁に這入るは二本差の運め。どうだこの勝負この数右衛門にまかせぬか…」

と割って入った。数右衛門と名のった浪人はと見れば、継ぎはぎだらけの着物の着流し、髪髭は伸びほうだいの尾羽うち枯らした浪人者であった。武士の魂の大小だけは腰に帯び

ていた。その数右衛門の姿をちらりと見た甚左は、

「いらぬ事だ！尾羽うち枯らした浪人の出る幕じゃないわ!!」

　と怒鳴った。

「そうか…私の様な浪人の出る幕じゃないか…だがそう言う貴公達とて浪人者じゃないか。尾羽うち枯らしておっても拙者も武士だ！元播州浅野藩五万三千石、浅野内匠頭様家臣、不破数右衛門と申す。訳あって今は浪々の身なれどもまだ武士の魂だけは忘れておらんぞ!!」

　と叫んだ。が甚左は、

「浅野の家臣だろうと誰であろうと、いらん事だ!!この遺恨勝負誰の口出しにも聞く耳持たんぞ!!」

　と言って源太に向って、

「源太こい!!」

　と言って甚左は一歩前に出た。

「そうか、それならばいかしかたがない。拙者は手を引こう…」

　と男は素直に引きさがったが、

「だが貴公達」

と言って他の浪人達に向って、

「この勝負お主等の負じゃ。その渡世人、姿は渡世人に身を窶してはおるが元は武士だ。しかも腕は眞庭念流しかも一刀流と見た。貴公達の腕では切れんぞ‼それでも貴公達大事な命を捨てる気か、愚かな事よ…」

言って数右衛門はさっさと後の大きな切り株に腰を下ろした。言われた浪人の一人が、

「木戸さん！話がだいぶ違う様だ！私は手を引く。どうも話が旨すぎた…」

と言ったかと思うと後に残っていた浪人達も甚左を残して坂道を走り去ってしまった。

「逃げるな、卑怯者‼」

と怒鳴ったが、唯虚しい木霊が帰っただけだった。進退ここに到った甚左は、もう破れかぶれとばかりに怒り狂った。機先を制すべく大上段に構えた長剣を〝死ね‼〟とばかりに源太に振り下ろした。鋭い気合が同時に二人が発した時、源太の長脇差は甚左の剣を下から撥ねあげるや、左に一歩躰を逸らすと、返す刀で甚左を切りつけていた。眉間から一筋の血を流した甚左は、仁王立ちの儘両眼をぐわっと見開いてその場に立っていたが、やがて大きな音をたててその場に崩れ落ちた。

「出来るなお主！乱世なれば一国一城の主ともなろう腕だ。惜しむらくは天下太平の世の中、その腕もなんの役にもたたずか…まったく困った世の中よ…時にお主何故に渡世人の身形など致している。歴とした武士だろうが、隠しても分るぞ…なにか訳がありそうだな…」

切り株に坐っていた数右衛門は、言って注意深く源太に向って歩いて来た。

「訳などありませんや。唯武士を嫌ってのヤクザ稼業。これが私の気儘な旅暮しでさあ」

「そうかな？それだけの腕を持ちながら、世を拗ねてのヤクザ稼業とは一寸解せんな…隠密!!そんな事はどうでもいい。どうだその腕私と勝負をせんか。しばらくこの刀を抜いておらん。腕がむずむず致しておる。お主のその眞庭念流の一手所望致す!!」

言って数右衛門は刀に手を掛けた。

「無茶ですぜ旦那！訳もなしに刀のやり取りはまっぴらご免こうむります。そんな事より旦那は浅野様のご家来とおっしゃいましたね」

と源太の問いに、

「そうだ。今は浪々の身なれど、これでも元は播州浅野藩、浅野内匠頭様の家臣だ」

「旦那は、その浅野様に今一大事が起きているのを知っていなさるんですかい？…」

と問えば、

「なに？…お殿様になにか大事があったとでも申すのか？……！」

数右衛門は驚いた顔を向けると、

「なんだ？!!…早く言って呉れ！お殿様になにか大事があったとでも言うのか…」

とせきたてる様に聞いた。

「浅野のお殿様は去る三月十四日、江戸城松の廊下において、表高家吉良上野介様にご刃傷。お殿様は田村様お邸においてご切腹されたと」

「なに!!殿にはご切腹だと…それは眞の事か」

言って数右衛門の顔が瞬間さあっと青白い顔に変った。

「こんな事を旦那に嘘を言ってどうなんで…」

「いやすまぬ！知らなかったぞ…この儘知らずにいたならば此の数右衛門一生涯の不覚となる所であった。好くぞ知らせて呉れた。かたじけない。すまぬお主とは此処で別れるぞ。これより赤穂へ馳せ参じご城代のお許しをえなければならぬ…許せ!!…」

言うが早く、脱兎の如く坂道を駆けおりて行った。

「気の早いお人だ」

笑って見送った源太はふとお浜の事が気になって辺りを見廻したが、お浜の姿が跡形もなくその場から消えていた。あの時お地蔵様に懸命に祈っていた姿が心に残る。あの時お浜はなにか心に誓っていた様だが…突然お浜との別れは源太の心にもなにかいいしれぬ淋しさが源太の心に穴道があいた様におそって来てきた。

十二、城下町騒然

内蔵助は四月に入って、三度家中一同を大広間に召集した。内蔵助の腹は急便を受け取った時から既にきまっていた。復讐！それだけであった。大学長広によって浅野家の再興を願ったが、不可能である事は百も承知していたのだ。将軍職綱吉がいかなる人物か、柳沢出羽守がどんな思案を腹中にひそんでいるか、すでに内蔵助は看てとっていた。幕府対手にじたばた踠いてみたとて徒労に終るのは目に見えている。唯復讐へ事を運ぶにも手続き順序がある。内蔵助はそれを踏んだだけの事であった。嘆願書など真剣に書いた訳ではなかった。

篭城。受城使を相手に一戦を交えるか？

城を枕に全員自決するか？

城を開城して各自それぞれ復図を取るか？

会議は一日一日とめまぐるしく変った。仕置家老大野九郎兵衛数名が、主君の軽率な行為をなじって席をたった。九郎兵衛に言わせれば、殿様にはその時家中一同、その家族領民の顔や、田畑や塩田の景色などが脳裡に浮ばなかったのか？浮かんでいれば脇差など抜かなかったと。内匠頭の軽率な行為に対する反感さえ懐いていたし、なにか復讐だ！そんな凶徒の仲間などになれるか、仇討などすれば天下の大罪人になる。そんな凶徒達と行動が出来るか、こんな奴等と話をするのも腹がたつとばかりに席を立ったのである。内蔵助は唯冷たい眼で見送って黙っていた。去る者は追わず。それで好い。唯己と行動を共にする同志のみを内蔵助は会議を続けながら募っていたのである。

その頃城下町では、大変な騒ぎになっていたのだ。

「おい！いよいよ戦がはじまるてよ…」

「浅野様のご家来衆は、城に立て篭って一戦を交えるて事だと聞いたぜ」

「いいや、今日の会議じゃ全員城を枕にご切腹なさるんだて事だぜ…」

城下でも噂が噂を呼んで、上を下への大騒ぎになっていた。早合点な者は店をたたむ者さえでていた。今日も居酒屋では土地の連中が、がやがやと喚き合っていた。

「そうだろが、こんなべらぼうがあるかいて言うだ。ご主君様が切腹をさせられたんだぞ。仇討をするのが当り前じゃねぇか。唯黙っているご家来が何処にいるんでぇ…大石様は必ず仇討をするに決っていらな…そうだろう」

「だがよ、それが一寸大変なんだな…仇討をするたってよ、吉良を討ちゃお上が黙っていめいがよ。お上は吉良の味方をしているんだぜ」

「そうだ！そうだ。浅野様の殿様だけを切腹させながらよ、吉良にゃなんのお咎めがねェ。喧嘩は両成敗と昔から決っているご政道なのにそれを無視して吉良に味方しやがったんだぜ」

「そうだ、お上だって酷いじゃねぇか。悪い方に味方なんかしやがって…これじゃ弱い者虐めもいいとこだな。だいたいよ、吉良の野郎なんて汚ねぇ野郎はいねえぞ。手前の所の三河の饗府塩《あえばえん》の出来の悪いのを棚にあげやがって、赤穂塩の出来を妬んでいやがるのさ。手前の地位を利用してよ、浅野様に嫌がらせをしやがったんだ。第一江戸じゃ赤穂塩と一緒に売らなけりゃ饗府塩なんぞ売れやしねえのさ。赤穂の塩は天下一品よ。だから野郎妬む事妬む事。浅野様の裕福さが面白くねぇのさ」

「そうか、それで喧嘩を売りやがったのか」

「そうにきまってらね…そんな野郎の味方をするお上のやり方が黙っちゃいられねぇのさ…こうなりゃなにがなんでもご家老様に仇討をやって頂かなけりゃ俺達赤穂の人間の顔が立たねぇて事よ…」

「手前の顔なんか立つも立たなくもどうって事あるめぇが…」

「なにを！この野郎！手前はそんじゃ吉良の味方でもしやがるのか」

「馬鹿いうねぇ、誰が吉良の味方なんぞするもんけぇ。俺だって浅野様の味方にきまっているな…」

「ならガタガタ言うねぇ…」

城下でも毎日の様にこんな騒ぎが起っていた。城内でもこの空気と同じ様に騒ぎが大きくなっていた。こんな騒ぎの城下町に源太が足を踏み入れたのは三月の下旬であった。大石邸に程近い花岳寺と言う寺の住職に頼み込んで寺の納屋を借り受けたのだ。花岳寺は浅野家の菩提寺であり住職は大石に恩を受けた者だと話すと、心好く納屋を貸して呉れた。源太は毎夜の様に大石の身辺の警護に秘かに当った。四月に入って大石も又城内の家臣達の動きが俄然忙しくなったいた。源太の警護も既に半月近くになっていた。彼は唯遠くから警護するのみで、一言もその事を伝えてはいない。唯影の様に大石の身辺の警護を続けているのみだ。四月十五日、会議に於いて大石は開城を決定した。

十三、恋慕無情

居酒屋の暖簾を走りくぐった男が呼んだ。

「大、大変だぞ!!赤穂城の廻りは、幕府の侍が取り囲んでいるぞ!…」

「なに…そりゃ大変だ!!いよいよ戦が始まるのかな…」

「そいつは分らねえが…相手は大変な数だぞ!!」

聞いてその場で呑んでいた源太は、直ぐにその場に銭を置くと店を出た。夕闇の彼方に赤穂城を大きく円陣で固めた。受城使達の波が遠く眼に写った。幕府の命を受けた脇坂淡路守木下肥後守が引きいる千五百名の兵が赤穂城を取り囲んだのである。

—どうなさる…城に立て篭って一戦なさるのか。その時はこの源太の命大石様に捧げますぜ—と彼は心に叫んでいた。源太の足はおのずと赤穂城に向って歩いていた。

時が流れた—源太は濠割り近くに蹲って待っていた。城内の動きが知りたかった大石の決定を知らぬ源太は唯待った。すこしでも城内に動きがあれば、おのずと知れると源太は唯待って居た。だが城内は静寂であった。もう辺りはすっかり闇につつまれていた。

源太はその時ふと一つの黒い影を見た。鳥か？…一瞬思ったが小さな黒い影が赤穂城内から今するすると、濠上に飛びあがるとふわりと地上に下り立った。〝忍者〟と源太は咄嗟に見て取った。黒い影は辺りを注意深く見廻して奔りだした。源太は影の奔るのを見るや影を追って奔った。二つの影は風勢に似た勢いで奔る。だがその間隔はぐんぐんと狭まった瞬間追う影が飛び上ると、前の影に飛びうつった。二つの影は重なり逢ってその場に転倒し重なり逢いながら揉み合いがしばらく続いたが、やがて一つの影の力に押さえつけられた。押さえた源太が一瞬〝はっ〟とした顔をあげた。揉み合う間に黒い影の胸に手が触れたのだ。その胸には盛りあがる物があったからだ。〝女〟、瞬間源太は嫌な予感がした。観念したのか下に組み伏せられた黒い影は動かなかった。頭巾に隠された顔の布を源太は取り除いた。

「……矢張り！お浜さんだったか…」

心の隅にあった疑惑が現実になった時、何故か源太の心に淋しさが襲っていた。そうはあってほしくなかった。源太の心には既にお浜の存在が大きくなっていたのだ……

「やはり…お浜さんは忍び衆だったのか…」

　吐き出す様な源太の声に、

「殺せ！…」

　とお浜は小さいながらもしっかりとした声で叫んだ。影に生きる者の運命、使命に破れたる時にあるものは死のみである。

「殺して下さい…源太さんの手で殺されれば本望です」

　とお浜は下から小さいがきっぱりとした声で言った。お浜も既に相手が源太と知っていたのだ。

「何故。何故なんでい！…お浜さんが忍び衆だなんてよ…恨むぜ…」

　分ってはいても源太はこの無情を恨んだ。

「……」

　二人はしばし言葉が無かった…とお浜が吐き出す様に、

「私は忍びの家に生まれた不幸を何時も思っていました…でもそれが私に与えられた運命と諦めておりました…だから、だから源太さんとはお逢いしたくなかった…」

　と淋し気にぽつんと言った。その眼には涙が流れていた。何時しかお浜の心にも源太に寄せる乙女心が大きくふくらんでいたのだ。

急に源太はお浜の躰から離れると、

「行きなせい。今誰もいねえ。人が来ねえうちに早く行きなせい。この事は誰にも口外しねから安心して早く行きなせい…」

と源太は言ってお浜の躰を助け起した。

「源太さんは赤穂の方だったんですか?浅野様にゆかりのあるお方ですか…」

と聞いた。

「否…唯三年前この命をご城代の大石様に救って頂いた者だ。そのご恩返しにこの命大石様に捧げるつもりでやって来たんでさ…」

源太はきっぱりと言った。

「源太さんは本当の男なんですね…私は女に生まれて来た自分が嫌になります。せっかくお近づきになれたのに敵と味方に別れるなんて…」

それは二人にとって虚しい現実でしかなかった。

「さあ人が来るといけねぇ…お浜さんは早く行きなせい」

と源太はお浜をせきたてながら、

「お浜さん、お前さんとだけは刀のやり取りなんぞしたくねぇ…どんな事があっても…さあ早く行きなせい」

と言ってお浜に背を向けた。その場に未練を残しながらお浜は、起きあがって行き掛けた時であった。

〝あっ〟とお浜の悲鳴を聞いてはっとした源太が振りかえったその眼に、黒い影がお浜に襲い掛って白刃が流れた。

「死ね!!むささび男に情をうつした裏切者!!」

と言って黒い影が叫ぶやお浜に一刀を浴びせていた。お浜は肩口を切りつけられて、その場によろめいた。怯むお浜に第二の剣が再び振り下ろされた時、その剣を源太が奔り込んではねのけるや、

「手前達は畜生か!!苦楽を共に生きて来た仲間を、訳もなく平気で殺せるのか!!それが手前達の掟だとでもぬかしやがるのか。この源太そんな野郎達を黙ってみのがす訳にはいかねえぞ!!」

言うが早くお浜を庇って、ぐっと相手を睨んだ。問答無用とばかりに黒い影が二つ、源太に向って肉迫して来た。その動きは素早い。一つの影は右に、そして今一つの影は

左にと動くと二つの影は源太を中心に置くと左右に同時に動いた。一つの獲物を狙う鷹の様に一丸となって奔りながら、源太への間隔をせばめて来る。源太は静かに長脇差を水平に構えて二つの動きを待った。瞬間左の影が大きく跳躍した。と同時い右の影が鋭い勢いで奔り抜ける様に源太を同時に襲った。瞬間その場の源太の躰が宙に飛びあがるや、跳躍して切り込んで来た影の剣をはねのけるや返す刀で斜め一文字に切った。地上に降りたった瞬間下の影を真上から切り下ろしていた。二つの影がどっと音をたてて倒れ込んだ。彼等の読みが浅かったのだ。渡世人姿の源太を唯のヤクザ者と踏んだ読みが甘かったのだ。

「大丈夫かお浜さん！」

　駆け寄る源太に、

「源太さん！早く行って下さい。大石様他六十余名の方々は今宵仇討と決定し、署名血判をなされ開城と決まりました。我等影は、仇討と決定の暁には赤穂城に反逆あると見せ掛けて、受城使に対し火薬に火を放ち、銃声を打ち込み、混乱に乗じて兵に紛れ込み、幕府に対して反逆ありと呼び掛け、赤穂城に攻撃をしかけさせる…これが影に与えられました柳沢様の使命でご座います。私の報告を待つ影衆は、私のこの報告が遅れれば私を待たずに実行するものと思います。源太さん早く行ってそれを阻止して下さい。場所は西の大手櫓下です」

お浜は必死な顔で自分の使命を源太に打ちあけたのだ。今お浜は自分の立場も運命も捨てて源太に聞かせたのである。

「お浜さん、好く打ち明けておくんなさった。この源太命に替えてもそんな事はさせねえ。それよりお浜さん俺が戻って来る迄、その傷で待っていられるかい？…」

心配顔で聞けば、

「大丈夫です私は…それよりも早く…」

お浜は無理に元気な顔を源太にみせた。

「必ず帰って来る。気をたしかに持って俺が帰って来る迄待っているんだ。いいなお浜さん！」

「はい！待っています。幸い傷は浅い様に思います。貴方がご無事にお帰りになるまで必ず待っております。だから必ず戻ると…」

お浜は必死で言っているがその顔からは血の気が抜けて青白い顔に変っていた。源太はその場にお浜を残す不憫さを噛み締めながら、

「行くぜ！」

一言残して奔っていた。

十四、火薬に火が‼

城内では、内蔵助は開城実現に会議を運び、一人一人の人物を注意深く観察し、六十余名を選び出すと、初めて内蔵助は此処で本心を打ち明けたのである。仇討を打ち明け、

「諸士は、この覚悟をなすべき立場に置かれた。本日唯今より死士たる決意をして、この内蔵助に従って頂きたく存ずる」

と説いた。あらためて一同を見渡し、

「如何に。ご一同」

と問うた。

「仰せうけたまわりました」

と六十余人が同意した。

「なお讐を討つには、それだけの歳月を要すると存ずる。その同志を不変のままに持たすことは人情として容易ならざる事とは存ずるが、おのが自身の心変り周囲の事情によって

やむなき脱落もあるかと思うが、これもまたやむを得ざる仕儀なれば、去る者に対して非難を致さざる事。但し去りたる者は我等が同志の企てを絶対に他言せざる事、これを誓って頂かねばならぬ」

と念を押し、六十余名に署名血判をなさせたのである。城内に忍んだお浜がこの署名血判の現場を見たのである。


大手櫓下近くに、五つの黒い影が時遅しと合図の来るのを待っていた。城内に忍び入った〝むささび〟のお浜の報告を今や遅しと首を長くして待っていた。

「遅い！遅いぞ！それに様子を見にやった小猿、霞も戻らぬではないか？なにかあったのかな…？」

「本当に遅いな…？」

と顔を見合せる影の一人が、

「もう時が過ぎた。もう待つ迄もない。我々だけで決行しよう！」

と言った。

「そうだ時が過ぎれば邪魔が這入らぬともかぎらん。決行しよう、我々は使命を果たさねばならぬぞ…」

「おぉ！やろう…待つ迄もないぞ…」

黒い影達が語り逢ったその時だ。

「そうはさせるかい。手前達の目的は分ったぜ！この江戸節源太が聞いた以上、命に掛けても手前達のいい様にはさせねえぞ‼」

言って源太は木影から姿を出した。源太の声にはっとした影達は、さあっと身構えた。

源太が一人と見るや、

「相手は一人だ！切れ‼」

と一人が叫ぶと同時に、三人の影が源太の前に立ちはだかった。と一人が叫んだ。

「早く火薬に火を点けろ！」

言われて残った二人の影が火薬の場所に向って奔った。

「待ちゃがれ！手前達の思う様にはさせねえぞ！…」

叫ぶと同時に源太も奔って斬り込んで行った。だが三人の影も源太の前進を必死に阻んだ。右に左に跳躍し源太の鋭い剣先をくぐり抜ける。源太は焦りさえ感じた。爆発されてはお浜の好意が無駄になる。己の使命もこれから先忍び者達の追撃を受ける事も覚悟の上で、源太にすべてを打ち明けて呉れたのだ。お浜の気持に対してもなんとしてでも、この事態を防がねばならぬ。だが相手も必死である。跳躍した影を振り向きざまに長脇差を一瞬させて一人切った。とその時源太の眼に火薬の先に火が点されたのを見た。

「しまった‼」

源太は舌打ちし、正面きって影達の前に出た事を後悔した。唯源太にもそれだけの焦りがあったのだ。なんとしてでも火を消し留ねばならぬ…必死の形相の源太の剣の前に黒い影も必死に迫って来る。左右の影が突然に源太の前に立ちふさがったと思った瞬間、二つの影が一つになった。前後に並んだ影は源太の腕の冴えを知って、身を捨ててかかったのだ。一人を切らせ一人が切る。前が飛ぶか後が飛ぶのか影は源太の動きを待つかの様に、その場に静止した。必殺剣、源太も静止した。仕掛ければ己も傷つく。だがこの場を切り抜けねば火薬の火は消せぬ。源太の心に焦りがきた。動く、動かねばならぬ…源太は心を決めた。突進のみと今動きかけたその時であった。火薬に火を点した二つの影が、声をふりあげると同時にその場に倒れ込んだ。突然にふって湧いた様に姿をあらわした人物が、二つの影をたちまちに切りすてると同時に、火薬の火を足で踏み消したのだ。二人の悲鳴を聞いて動揺したのは、源太の前の二人だ。その一瞬の隙をみた源太の剣が走った。一歩

踏み込むと同時に二つの影を切って落とした。ほっと胸をなでおろした源太の前に姿を見せた人物が、

「忝い。お手前様の働きご城代にお伝え申しあげる。申し遅れましたが手前主人は大石無人と申し、ご城代の叔父君に当られます。拙者宍倉蔵人と申します。お手前様が半月以前より、ご城代の警護に当られていた事は、遠くより見ておりました。はじめは公儀より差し向けられたる狙撃者かと注意致しましたが、すぐに違う事に気づきました。と申すも拙者も影の警護を申しつかりし者でご座る。ご貴殿なくして今宵の公儀の企ては察知出来ませんでした。助かり申した」言って蔵人は頭を下げた。

「いぇ…とんでもねぇ。私は唯大石様の為に少しでもお役に立ちてぇと思っただけでさあ…この命三年前に大石様に救って頂いたご恩がご座います。そのご恩をすこしでもお返ししていと思っただけでさあ…」

「いや恐れいったお気づかい、誠に忝い…」

「それじゃ私はまだ残して来た事がありますんで、これで…」

言って源太が歩き掛けようとすると蔵人が、

「お浜殿の事ならばご心配なく。ご城代家僕吉右衛門なる者が、ご貴殿が借り住いに致さ

れておられる花岳寺に、無事にお連れ申した。今頃は傷の手当を致しておられよう」と言った。驚く源太の顔に、

「ご貴殿の動きはすべてこの蔵人、影より見ており申した。お許し願いたい…尚大変余計なる事ながらお浜殿はお手前に恋心を抱いておられる。すでに忍びを捨て申した女子でご座る。拾ってやって下されい。忍びに生まれたる者は忍び者のみにしか嫁げぬ掟がご座るが、今のお浜殿は忍びを捨て申しておられる。源太殿拾ってやって下され。拙者よりもお願い申す」

再び蔵人は頭を下げた。

「旦那！…」

源太は後の言葉が続かなかった。すべての動きを察知されていたし、己の心の底までも見通された思いで、なにかいいしれぬ物が源太を襲っていた。

十五、暗闘

花岳寺の借り住いに、源太と蔵人が戻ると其処に吉右衛門とお浜の他に、船松町の弥八

の顔が待っていた。源太は吉右衛門にお浜の手当の礼をのべ、一瞥以来の挨拶をした。三年前大石同様この吉右衛門にも大変世話になった恩人である。吉右衛門は二人の無事な顔を見て安心すると、蔵人と共に内蔵助の警護に戻って行った。残った弥八は、

「いや好くやっておくんなすった。話は今吉右衛門さんやお浜さんからもお聞かせ願いましたぜ…私もこの十四日に堀部の旦那と奥田孫大夫様、高田郡兵衛様にお願いしてお供をさせて頂き、赤穂までやって来ました。源太さんの行方を訪ね歩いた所やって此処が分ったんで先程此処を訪ねたばかりなんで…」

源太の労をねぎらい、

「今夜の所はこれで失礼するがまた改まって伺う事にするよ…」

お浜の傷の心配と二人の時を持たせる事の配慮からか弥八はそうそうに帰って行った。

「お浜さん、傷は大丈夫ですかい…」

源太はすぐにお浜の病状を気づかって口を切った。

「はい…先程吉右衛門さんから…お手当をして頂きました…」

「そうか…そいつは好かった」

と笑ってみせた。お浜は涙さえ浮かべて、

「よくご無事でお戻り下さいました…」

と言った。

「有難うよお浜さん。お浜さんが言う通りだったぜ…これで無事にお城も開城出来るだろうぜ。これもお浜さんのお陰だ」

と頭を下げた。

「いいぇ源太さんのお働きです」

「それにしてもお浜さんは忍び衆を裏切ったんだ。奴等もこの儘じゃすますめいが、お浜さん心配すんねぇ…俺らどんな事をしてもお浜さんの命を守ってみせるから」

と力強く言った。

「私の事でしたらもう覚悟はすでに出来ています。これ以上源太さんにご迷惑は掛けられません…どうか…」

「何を言いなさる。この源太これから先どんな事が起ろうとお前さんを必ず守ってみせるから、そんな心配は止めなせい」

「有難う嬉しい…こんな私をそんなに迄…」

言って涙に濡れた顔を向けた。

「お浜さん！…」

二人は手を取りあった。お浜は源太の胸に躰を預けて来た。そんなお浜の躰を源太は力強く抱きしめた。二つの影は重なりあってその場に倒れ込んだ。

その夜半
「よし！手筈通り決行するぞ‼」

黒い影の一団が土塀の蔭で口を切った。

「それにしても相手は出来るのか？…」

と一つの影が聞いた。

「腕前か？…東軍流の皆伝とは聞く…だが太平の今日。しかも家老職だ、真剣で立ち合った事などなかろう」

「では七人でかかれば」

「まず邪魔が入らぬ限り大丈夫だ。始末したら直ぐに引きあげるぞ！」

「大丈夫だ。この儘すぐに旅立てるようにしてある」

七人の黒い集団が輪になって密談していた。源太が見たならばすぐに気づいたろう、富士川の舟渡しで一緒になった浪人集団であった。まさしくその中の一人に堀田新十郎の顔があった。居合切りの巧みな新十郎が偶然行き逢った様に近寄りざまに一刀を浴びせるのが合図で後の伏兵が前後から同時に掛ると云う手筈で大石の帰路を待っていた。

「来た！…」

低く一人の影が言った。提灯の火と共に人影が二つ並木道を通って土塀の道に来る。

「それ…」

誰からとなく叫ぶと、さっと二手に別れてその場にうずくまった。堀田新十郎一人が頭巾を脱ぎ道に出た。

大石は前方から来る人影が目に入った。男は行きかうように寄りざまに得意の一手で、ぱっと刀に手を掛けかかった刹那、内蔵助は男の手をぐっと押さえつけていた。

「吉右衛門‼」

と内蔵助は声を掛けた。吉右衛門は二、三歩前に走った。後の敵に備えて待った。さすがに吉田忠左衛門が見込んだ男だ。忠左衛門が推挙し内蔵助の元に召使として働かせた元忍びあがりの者である。新十郎はもがいていたが、内蔵助の腕は盤石の重みだった。並の凡くら家老ではない讃州高松の奥村源太左衛門の門に入って東軍流免許皆伝の腕である。

「うむ…」

新十郎はあせった。内蔵助の手をやっとの思いで振り切ると抜き打ったが、すでに内蔵助は後方にさがっていた。前方よりどっと黒い集団が走り込んで来ると、二人を取り巻いた。内蔵助は新十郎の剣をさけるや傍の松に寄って、はやくも一刀を抜いて構えていた。烈しく迫る白刃を受け流し、息つく隙なく敵は襲って来る。七人の勢はやや意外にも揃って鋭い太刀筋であった。内蔵助も我を忘れていた。数条の刀身が入り乱れて夜気に流れ路上の土を舞いあげた。

「もう一息だ！」

新十郎が叫んだ時、内蔵助は突然走って背面の敵を避ける為に大きな松の根を張った木まで走るや肉薄して来た一人をどっと地に這わせていた。地の利を取って一本の刀で多勢の敵を向えうった。まるでその場に縫いつけられたように敵を近寄らせずにいた。新十郎はあせっていた。長引けば不利を知っていたからだ。

「あせるな…！」

己に言い聞かせ同時に味方にも聞かせる様に叫んだ。

十六、赤穂城開城

ただ断の一字。内蔵助を倒し後は夜陰に赤穂領外へ逃げるのみだ。

「ゆくぞ!!」

新十郎は叫ぶと同時に内蔵助に向って肉薄した。風を切って新十郎の刀が真向から打ち込んで来た。内蔵助の小びんをかすかにかすめた。面を振りながら内蔵助は横ざまに飛ぶ。猶予なく追う新十郎。隣の男がどっと地に這う。内蔵助は新十郎を睨んだ。吉右衛門も二つの黒い影と闘っている。その時どっと敵の足並みが乱れだした。何者かが背後から衝き入ったのだ。内蔵助は敵の切尖を払いのけ其処に宍倉蔵人が助勢しているのを見た。強い男である。竹の杖を振って敵を左右に分けさせるや内蔵助に近寄って来ると、敵の矢面に立ちふさがって斬り掛った敵の刀身を払い落とした。刀が否応なく手から放れて地に踊った。内蔵助を囲んだ男達は一斉に狼狽してこれを避けた。

「まだ来るか！」

蔵人は内蔵助の前に立って大声で叫んだ。あきらかにこの一言で相手は怯んだ。二人の相手にてこずった集団が、また新な相手にぶつかった。しかも並の相手ではない。狼狽した刺客達は落された刀を拾うと、どっと黒い浪のように走り出した。と見た蔵人は猛然と後を追おうとした時、内蔵助がその腕をつかんで留めた。

「棄て置け…」

と言った。

「一人引っ捕らえて何人の差し金か白状いたさせましょう」

と言えば、

「分っている」

と一言いって内蔵助は微笑した。

その内蔵助は蔵人よりの報告を受けて、

「一寸した事をそれ程までに恩義に感じて命まで投げ出して下さる人達がいる。この内蔵助は幸せ者よ…その方々の恩義に対しても必ずや目的を達せねばならぬ…」

と固い決意を心に誓い、

「吉右衛門その娘ごの刃傷を早く治してやらねば源太殿にすまぬ。傷口には湯が一番じゃ。何処ぞの湯治場を捜してご案内致して呉れ」

と言って命じた。

明けて四月十九日、播州竜野の城主脇坂淡路守安照と備中足守の城主木下肥後守利康の両受城使が、赤穂城に入城した。城受取り検分をなし、城内一糸みだれぬ整頓ぶりに、赤穂城に人ありと賞嘆した。

「終ったの…」

内蔵助は言った。

「終りましたな…」

吉田忠左衛門が内蔵助の言葉を取って答えた。

「さて…これからが一層大変な事だ！この内蔵助の評判をおとさねばならぬ…」

「大夫!!」

「この大石内蔵助は腰抜けの阿呆者であったと報告してもらわねばならぬ…密偵を送り込んで来た柳沢出羽守にも又上杉家に対しても。これからが智慧くらべよ！…これは容易な事ではない。ましてや上杉家老千坂兵部殿を相手に、この内蔵助一世一代の大芝居をうたねばならぬ!!…」

言って、江戸方向に向ってニヤリと笑った。

赤穂城開城終り

第二章　剣風恋時雨の巻

―蠢く人々―

一、霞の十蔵

「首尾は‼…」

と部屋の声に、

「申し訳ご座いません…」

庭の影が答えた。

此処は江戸は神田橋、柳沢吉保の屋敷の奥座敷と、見渡すかぎりの広い庭園の木立のおいしげった一隅の薄暗い場所からの声の遣取《やりとり》であった。

「霞の十蔵ともあろう者が、たかが田舎大名に遅れを取ったと云うのか？…」

「誠にもって申し訳ご座いません！…今一度の機会を頂きたく―今宵参上致しました」

庭の影は言った。部屋の主の声はしばらく無言であったが、やがて腹の底からしぼりだす様な声で言った。

「城代家老大石の暗殺‼…芽は早い内に摘まねばならぬ‼十蔵二度の失敗は許されぬぞ‼お上のご威光にもかかわる事ゆえ、お庭番の名に掛けても首尾よう果たせ‼…」

との怒りの声に、

「はっ‼」

と答えて影は頭を下げた。…この屈辱。甲賀忍び衆を代表する十藏にとって与えられたる任務は遂行あるのみである。

世は将に徳川の天下となり、戦乱戦乱に明け暮れた戦も終り、世はまさに太平の御代となっていた。この時期禄を離れたる者の惨めさは惨憺たるものであった。巷にはその日暮しの浪人の数は数えきれぬ程であった。武士たる体面を保つすべもなく自暴自棄になっている者もでていた。そんな時期甲賀集団の頭領として、この集団の生活を支えるのも頭領としての重い役目でもあった。それだけに十藏にとって、柳沢吉保の後押しを頂いてのお庭番の任務は、甲賀集団の生活の賄いであり、柳沢の命は唯々任務遂行のみであった。今迄十藏は必ずと云ってよい程に、その役目をなしとげて来ていた。それだけに今回の失敗は十藏にとっては大きな衝撃であり屈辱であった。緻密に計算した計画であっただけに失敗はどうしても考えられなかったのだ…昨夜半赤穂より立ち戻った疾風《はやて》の猪《いの》の報告は、十藏にとっては意外な結果であったのだ。

「何故だ‼」

十藏の怒りの声に猪は、

「裏切りがありました」

と猪は予期せぬ報告を十藏に聞かせたのだ。

「なに!!…裏切者だと!!だ、だれが?!!…」

「むささびが…」

猪は言いにくそうにつぶやいた。

「なに?…娘のお浜がか?何故に…?」

「……」

「何故だ!!何故お浜が私を裏切るのだ!!?」

「……」

十藏の声に猪は唯黙っていた。

「どうした猪!!言え!!何故娘のお浜が我々を裏切ったのだ、分らぬぞ…何故、何故なのだ!!…」

と十藏は矢継早に言った。それに答えて、

「お浜殿は男に惚れ申した」

と低い声で猪は辛そうに言った。

「なに‼…男に惚れただと?…あのお浜が?…」

「……」

二人は無言になったが、

「馬鹿者奴が‼忍び者が男に惚れてなんとする!…なんと云う馬鹿者だ‼」

吐き捨てる様に言って、夜空を睨んだ。じっと十藏は自分自身の心を宥めすかす様にしていたが、すぐにまた荒々しくなって、

「男はどんな奴だ」

と再び口を切った。

「江戸節源太とか申す渡世人とか…」

「なに?渡世人だと‼…」

「いや渡世人なれど、まさしく元は武士、しかも腕は眞庭念流の凄腕とか…」

「なに!眞庭念流の使い手だと?…」

「其奴の為に今度の計画が失敗に…」

「その渡世人の為にか?…」

十藏はまだ見ぬ源太に対して怒りと闘志を燃やした。と同時に手塩に掛けて育てたお浜

の顔が其処にあった……

十数年前、米沢藩のお家騒動の内偵を受けた十藏は米沢藩に飛んでいたが、この事件は事件らしい進展をみずに、養子縁組で事無く決着が着いて事件にはならなかった。その帰路甲賀の里に戻る道すがら、ふと子供の泣声を聞いて十藏は足を留めた。捨て子を拾いあげ幼い顔をみている内に不憫に思って連れ帰った女子である。乳呑みは部落の女達に頼み、いつしか我が子の様に手元に置いて可愛がった。女子とは思えぬ利発な子で愛らしい子であった。十藏は役目で出掛ける以外は片時もその子を離さずに育て可愛がった。物心つくや女子とも思えぬ程冒険心が強く十藏が教える事を何度も平気でやってのけた。十藏もいつしか忍びの術を教え込んでいた。十才になる頃には音もたてずに歩き廻り、風の様に走った。十藏は木剣を与え剣の道も教えた。誰の血を引いたのかお浜の剣の腕は並みの男達にも負けぬ程に進歩していた。十五才になった頃にはお浜は一廉《かど》の忍び者に生長していた。だが十藏は男やもめで通していただけに女の躰の生長と同時に生理が来ると云う事など考えもおよばなかった様だ。お浜が立派な娘になっていた事に気づかずにいたのだ。忍びとて所詮は女子である。好きな男が出来たとしても不思議ではないのだが…唯十藏はまだお浜が恋をする年頃になっていたとは一度も考えてもみなかったのである。手塩に掛けて育てあげたそのお浜が男に惚れ、しかもその男の為に今回の計画をぶち壊したのだ。これは許せぬ事だ！お浜も憎いがたぶらかした男はもっと憎い。

「許さぬぞ!!…」

十藏は心底より怒り全身を打ち震わせたのである。

「お頭!!」

猪の声に、

「二人の始末はこの俺が殺る。俺のこの腕で必ずな!!…」

と夜空に向って怒鳴った。

十藏は事の顚末を報告すべく柳沢邸へ走ったのだ。事の失敗と次の策を柳沢吉保にただしたのだ。十藏にとってこの上ない屈辱であったのだが……大石暗殺の命を受けるや、彼は音もたてずに庭を抜けて来たのだ。猪に命じこの任を風の音七《おとなし》に命じその夜の内に猪を赤穂に再び走らせた。風の音七の腕は今五十の坂を越した十藏の腕より正確であった。口数は少ないが音七の暗殺には失敗と云う事が無い男であった。彼に依頼した事はすべてに実行されて来たのだ。音七は今十藏が一番信頼出来る忍びの一人であった。

二、連判状

その音七は堀田新十郎達の襲撃の成り行きを赤松の枝の間から身動き一つせずに見下していたのだ。だが蔵人が飛び出して来た瞬間には、堀田新十郎達の暗殺は失敗したのを知った。彼は内蔵助の腕の冴えも吉右衛門が唯の家僕でない事を、その時知らされて驚きさえ感じた。一介の家老職ではない。十人近い暗殺者と渡り合い唯追い払う様い動いている内蔵助の腕の冴えに、唯々音七は舌を巻いた。迂闊には近よれないぞ…それにしても好かった。唯のぼんくら家老と思って近づいていたら大変な目にあわされていたであろうし、しかも唯の家僕と思っていた吉右衛門のあの動きは、忍び衆のしかも大変な業師《わざし》である。これは大変な相手にぶつかったぞと音七は思った。今まで何度となく暗殺を繰返して来たが、今度の相手は並みの相手ではない事を知らされ背筋に冷たい物が流れるのを知った。この相手は必ず仇討を決行するだろう…否必ず実行する相手だ。音七はそう思うと同時に急ぐに動いた。今は一人では迂潤な事は出来ない。暗殺には時機と場所がある。今夜はあの凄腕の三人を相手になにが出来ると云うのだ。音七は風の様に音もたてずに松から飛び降りると走った。今だ！大石達が帰宅前に大石邸を探るには好い機会だ。そうだ！そうと気づくや、もう彼は走っていた。必ずや屋敷内にはなにかがある。屹度なにかがあるぞ、仇討を約定した同志達との密約書の様な物が？何か証拠になる様な品が必ずや大石邸の何処かに隠されていると、音七は何か予感の様な物が走った。今大石邸は手薄だ！探るなら今をおいてない。音七は夢中で風の様に走った。忍びにたけた音七は音もたてずに廊下を歩き大石邸内に進入して居た。十数年霞の十藏の許で厳しい修業で鍛えあげられた忍び術で彼は苦もなく大石の居間に忍び入っていた。音七は部屋の隅から隅まで隈無く眼を走らせると、机の上の手文庫を開けたがこれと云う物は見当らぬ…当然の事だろう、注意深い大石の事だ、こんな場所に…音七は苦笑いして床の間に近づき掛け軸を探った。なんの変化も見られない。彼は床の間の柱に向って指先を使って上から下へと撫でる様にして柱を探っていった。左の柱から右の柱へと移る。彼は全神経を指先に集中させていた。〝しめた〟と瞬間彼は思った。右の柱の裏側に微かに切り込みがあるのを彼の指先が探ったのだ。見た目では決して分らぬ、覗いてみてもこの切り込みは決して分らぬが、彼の指先は見逃さなかったのだ。逸る心をおさえて切り込みを下から上に挙げた瞬間〝コトン〟と小さな音が鳴った。〝しまった〟瞬間音七はびくっとした。まさか音が鳴るとは思ってもみなかったからだ。家の者がこの音に気付けば必ずこの部屋にやって来る、一刻の猶予も無い。素早く切り込みに手を差込んだ。なにやら巻物らしき物が手にふれた。これを握って引き出した時である。襖がさっと開かれて前髪姿の若者が走って来るや〝曲者〟と叫ぶと同時に前進して来るや早く〝横なぐり〟に白刀が流れた。瞬間音七の躰は空中に舞いあがり後回転で一の大刀を抜けた。若者の鋭い第二の大刀が振られた。二の大刀が来る瞬間音七の躰は廊下に向って走っていた。と障子に向って頭から飛込み廊下で回転すると同時に庭へ飛んで体勢を整えると一気に庭に走り抜け様とした時、音七の眼前に忽然と姿をあらわした渡世人姿の男があった。〝しまった〟と音七は心に思ったが今は必死である。素早く刀を抜くや庭に立つ渡世人に向って脱兎の如く走った。瞬間二つの影が動いた。二つの影の位置が入れ替った時、音七は左肩に激痛が走った。位置が変った瞬間音七の肩先から左手が空に舞っていたのだ。左腕を失った音七は痛みをこらえながらも振り替えるや、刀をその場に突き差すと同時に懐から手榴剣を投げつけその場に白煙を叩き付けると同時に剣を握って庭の松の木を利用して塀に飛び移ると必死で塀を乗り越えたのだ。

「貴男は…」

音七の後を追おうとする源太に前髪姿の若者が庭へ飛出して来て声を掛けた。

「これは主税様。お懐しゅうご座います。三年前命を救って頂きました、江戸節の源太でご座います。お忘れでご座いますか…」

とその場に膝まづいての源太の言葉に、

「あっ！…そうあの時のお方か…」

主税は部屋から差込む灯りで源太の顔を見て思い出した様であった。

「してまた何故に？…」

と主税は不審の様で、何故此処に居るのだと聞いてきた。

「へぇ…そんな事よりも今賊が忍び入ったご様子。なにか大事はご座いませんか？…」

「はい！よくは分りませんが咄嗟の事で…」

主税は弱弱しく言った。

「賊の片腕を切り落としましたが、相手も大変な野郎で傷の痛みにも負けずに塀を乗り越えました。今直ぐに追えば追い着くと思いますが。何か大切なお品でも…」

源太の問いに、

「分りません。お父上の居間に忍び入った様子。お父上が戻らねば紛失したる物がなにか？…」

「あの動きから察しまして相当の忍び者と思います。公儀のお庭番じゃねぇかと…」

「なに！公儀のお庭番が‼」

主税は狼狽した。その時、

「主税如何致しました」

と奥より顔を出したのは内蔵助の妻りくであった。

「お父上様の居間に曲者が押し入りましてご座います。このお方が賊の片腕を切り落とされましたが奴め塀を乗り越えました様でご座います」

と主税の報告に、

「それは大変です。なにか大事な物が奪われていなければ好いのですが…」

「はい！私もそれが心配で…」

親子は顔を見合せたその時だ、

「旦那様のお帰りでご座います」

と玄関先から吉右衛門の声が流れた。

「おお主税。お父上様のお帰りじゃ、急ぐにこの事をお知らせ致さねば…」

言って源太に目礼して二人はそそこに玄関に向った。

やがて内蔵助は廊下に顔を出して、庭の片隅に片膝を着いた源太の顔を見るや、

「僅かな事に心を掛けて下され、この内蔵助の為にご尽力頂き誠に忝い。ご好意内蔵助生涯忘却いたさぬ…」

言って源太に深々と頭を下げた。

「と、とんでもねぇご家老様。手前勝手で致している事でご座います。ご家老様から礼なんぞ頂く通りなどご座いません…それよりもご家老様、たった今賊が忍び入った様子でご座います。なにか大切な品でも盗まれたんじゃねえかとその方が心配でございます…」

源太の言葉に内蔵助は源太に目礼して背を向けると居間に入って行ったが、しばらくして平然とした顔で戻って来ると、

「吉右衛門！」

と呼んだ。

「大切な物でも?…」

心配顔の源太に、

「大事ないと思いますが、今あの品は他人の眼にふれさせたくない。賊はどの様な面姿《めんてい》でござったか…」

と聞いた。

「へぇ忍び！それも忍びにたけた奴と思います。幸い片腕を切り落しましたから、まだそう遠くへは逃げ切れたとは思いませんが、探すには都合が好いと思いますが」

「忝い。吉右衛門！聞いての通りじゃ。直ぐに探索致して呉れ」

「はっ！旦那様」

「大儀ながら頼むぞ！今柳沢や千坂に、否今は他人の眼にふれさせてはならん。よいな！必ず取り戻して呉れよ…」

「はっ!!」

二人の眼ががっとぶつかった。内蔵助の心情は吉右衛門には口にせずとも伝わっていた。

三、辨天のお藤

塀を飛越した音七は必死であった。利腕の左手を肩口から切り落され、まだ血潮が吹き出る片腕をかばっての方向感覚を失っての逃亡であるから、忍びにたけているとはいえ、出血と追手をどう切り抜けるかが今の音七への課題であった。安全な場所へまず逃げ込まねばならぬ。彼は傷口の痛みを必死に堪えて走った。永年積み重ねて来た修業と精神力が彼を走らせたのだ。が彼の前方に人影が来るのを知って一瞬ぎくっとしてその場に足を留めた。道は一本道であり躰を隠す場所も見当らぬ、彼は意を決して歩き出した。前から来るのは二人連れで男女と知って音七はほっとした。しかも男は武家でなく町人姿。女も街娘と知って音七は足早に二人の間を通り抜けようとした瞬間だった。女の躰が音七に向って一寸よろめく様にしてどんとぶつかった。女は、

「あっ‼これはご免なさい…」

と粋な江戸前であった。女はにっこり音七に笑って一寸会釈すると何事もなかった様に連れの男の後を追ってその場を離れていった。音七は一瞬女の仇っぽさに我を忘れかけたが、すぐにはっと我に還った。懐中深く入れてあった品物が無いのを知って〝しまった〟と思うと、今去っていった二人の後を追った。〝不覚〟、自分ながら一瞬の隙をつかれ不覚を取った事を悔んだ。片腕の傷の痛みと逃亡経路が頭の中を一杯にしていたその一瞬の隙を狙われたのだ。〝女狐〟音七は舌打ちすると二人の後を追ったがはっとして足を留めた。〝くそ〟、音七は唸った。音七の遠眼に今大石邸から二人の男が出て来たからだ。自分の追手の吉右衛門と己の腕を切り落した憎い旅人姿の男と知って、音七は二人の男女を追う事を中止せざるをえなかった。まずは己の身を一旦隠さねばならぬ。〝くそっ〟この傷さ

えなければと逸る心をおさえて一時身を隠すべく闇の中を必死に走って消えた。

「姐御。今出て行ったのは、たしか吉右衛門と云う家僕ですぜ。もう一人は誰なんでござんしょうかね、渡世人の様だったが？……」

「さあね？……」

大石邸の前を通りすぎた男女の二人は、小声で語り逢って松並木の道を街に向っていた。

「姐御！それにしてもあの野郎。大石邸から忍び出たんだ。なにを盗んでいるんでしょうね…千坂のお殿様のお役にたつ様な物でしょうかね？……」

「さあね…なにか巻物の様だけれどね？この品がお殿様のお役にたてば、私達もわざわざ赤穂くんだり迄来た甲斐があると云うもんじゃないか」

「そうでご座んすね…早えところ宿に戻ってお宝を改めましょうぜ…」

「そうだね…それにしても注意するんだよ。先程の忍びだって必死だろう、せっかく盗んで来たお宝だからね…必ず取りかえしに来るにきまっている。その時はお前のその腕が頼りなんだからね…」

「へぇまかせておくんなさい。その時はこの甚八がこの腕で捻り潰してやりまさ…それにしても姐御の腕はたいしたもんでござんすね。一瞬の間に抜き取るあの芸当は、そんじょそこらで出来る芸じゃねぇ…さすがに俺等が惚れぬいた姐御だ」

「何をつまらない事を言っているのさ、そんな事よりも早く追手の掛らない内にずらかるんだよ」

「おっと合点だ!!」

二人は足早に歩きだしたその時であった。

「其処の姐さんよ。一寸待ちねぇな…」

と突然に闇の中から声がした。二人は一瞬ぎょっとしてその場に立ち留まった。当りを見廻したが人影は何処にも見当らない。きょろきょろする二人に、

「姐さんよ！いやさ辨天のお藤さんよ。相変らずのお手並みじっくりと拝見させて貰ったぜ…」

と男の太い声が再び闇の中から聞えて来た。

「誰だい!!」

お藤と呼ばれた女は当りを気をくばりながら言った。

「折角のお宝の様だが其奴はそのまま其方に渡す訳にはいかねぇよ！黙って此方に渡してもらおうか!!」

闇からの声は不気味に言った。

「誰で！誰で!!顔を見せやがらねえで、ご大層な事をぬかしやがるね！俺を誰だと思っていやがるんだ!!俺の名を聞きゃ泣く子も黙るってお兄さんだぞ!!…」

と甚八が叫んだ。と、

「相撲くずれの甚八かい。馬鹿力は人並はすれと聞いちゃいるがね。だが人が好く言うじゃねぇか…人並み外れの大男総身にかけて知恵は廻りかねってね…ドジの甚八とも人は言っているぜ!!…」

闇の声は二人の素性を知りぬいている様だ。その相手に躍起になった甚八が叫んだ。

「野郎!!言わせておきゃ…好い気になりやがって、何処だ!!何処にいやがるんだ！出て来て俺と勝負しやがれ!!」

見えぬ相手に向って真赤になった甚八が怒鳴った。

「お待ち!!」

とお藤がその甚八を押えて、

「その声は…何処かで聞いた様な…誰だいお前さんは…」

お藤は闇の主に聞いた。

「辨天のお藤さんもそろそろヤキが廻ったのかい。俺等の声を忘れる様じゃ、背中の辨天様が泣くぜ!!」

「あっ!!?…」

とお藤は思った。

背中の辨天様の事を知っている…お藤の背中一杯には辨財天の透し彫が彫り込まれてあるからだ。透かし彫とは～湯などに浸かるとさあっと浮きあがって来る彫物の事で、不断では一寸彫物のあとが見えないが膚に刺激をあたえたり湯に入ったりすると浮き上がって来る彫物の事である～それゆえ彫物師にとっては大変な仕事で苦労する彫物である。そのお藤の彫物の事迄知っている相手とは誰?

「まさか?…」

とお藤が口走ると、

「そうよ。そのまさかよ…」

と相手が答えた。

「えっ!!葵!!…?」

「やっと分った様だなお藤さんよ…その葵、葵小僧の新助よ」

「えっ!!?まさか葵の親分さんが…何故?なんだってこんな赤穂くんだりまで?…」

「ははは(と闇の声は大きく笑った)そいつはそっくりお前さんに聞きていくらいだぜ。江戸で評判の巾着切り辨天のお藤がまたなんで今頃、こんな赤穂くんだりまで甚八連れでうろうろしているんだい?…」

「親分もまさか?…」

「冗談じゃねぇ…俺等にゃ関係ねぇ事よ。誰かさんみてぇに何方かに頼まれた訳じゃねぇ。唯俺等の酔狂からさ…」

「それじゃ親分さん。この儘見逃しておくんなさいな…私たちこの儘直ぐに江戸へ帰りますから」

「江戸は上杉邸へかい!ははは…千坂の殿様が泣いて喜ぶで段取りかい」

「……」

相手はなにもかも知っている。悪い相手にぶつかったとお藤は思った。油断は出来ない。お藤は身を固くした。相撲くずれの甚八も相手が葵小僧と知って身ぶるいしていた。

四、葵小僧新助

江戸で葵小僧と云う盗賊の評判は誰一人知らぬ者がない。評判の悪い大名旗本から商人相手に盗みを働く、その手口が実に鮮やかで颪の様に奔り風の様に盗んで行く。しかも人をあざけ笑う様に盗んだ後には必ずと云う様に、葵の紋所の絵を目印に置いて行く。時の将軍家の紋所をわざわざ置いて行くのだから、これは将軍家を小馬鹿にした仕種であり大変な行為だ。これが忽ち評判となった。町方与力は総力をあげて必死でこの怪盗を追っているが、いまだ誰一人として葵小僧の正体を知る者がいない。将軍家の落とし胤ではないのかとも云う声が人々の口に登って騒いでいるが、誰一人としてその正体を知る者が居ない。

「葵の親分がまたなんで？……」

その怪盗がまたなんでこの赤穂にと、お藤が聞いたのだ。

「俺等の気まぐれよ…聞きゃ一国一城のお殿様が切腹をさせられお家は断絶。しかも相手にゃなんのお咎めもねぇ…これじゃ片手落ちもいいところだろ…江戸じゃ、それじゃご家来衆が黙っちゃいられねぇ。必ず仇討があると大騒ぎよ。そんな噂を一寸耳にはさんでよ…俺等の気まぐれの虫が騒ぎだしたのよ…それに赤穂には大石さんと云うご家老様と云う人が居ると聞いてよ興味が湧いてよ、一度大石さんと云う人の顔が見たくなったて訳さ。場合に依っちゃ大石さんに力を貸してやってもみたくなるじゃねぇかよ。それが江戸っ子てもんじゃねぇかい…ははは…それでつい江戸を発って来たて訳さ…」

「それじゃ親分さんが見ても仇討はあると云うですかい…」

「さあね…そいつは自分の眼で確める事だ」

「それじゃまだ親分さんは、どうでも大石の味方って訳じゃないんでしょう…それだったら今夜の事は見逃してやっておくんなさいな…」

「そうよな…眼をつぶってやらねぇ事もねぇが…俺等がこの眼にしちまった事だ、唯黙って見逃してやる程俺等人が好くねぇんだ」

「分ってますよ…そんな事は。親分さん百両で此処の所は手を打って下さいな…」

「ほお!…辨天のお藤も大変な気の入れようじゃねぇか。それ程にそのお宝に価値ありと見たのかい」

「いぇ…好くは分りませんのさ。でも大石邸から忍び者が必死で盗んで来た品物だよ…百両で買ったとしてもお叱りはありますまい」

「そうかい。それ程までにお前さんが言うなら考えなくもねぇが。俺等も葵小僧と云われた男だ。金で俺等が転んだと云われたんじゃ、世間様に顔向けが出来ねぇな…どうだお藤、俺等にその背中の辧天様を一度拝ませねぇかい！…」

「えっ!!そんな…」

「お前のその白いばかりの素裸を俺等に抱かせると云う条件なら考えてやってもいいぜ」

「……」

「その条件ならこの儘黙って見逃してやるがどうだい！」

「ちぇっ!!葵の親分らしくもない。随分とやぼな条件なんですね…」

「ははは…俺等も人の子よ！綺麗な花をみりゃ、つまんでも見たくなるのが人情て奴さ！それが男ってもんじゃねぇのかい。厭ならいいんだぜ。無理にとは言わねぇぜ！」

二人の会話を黙って聞いていた甚八が、突然横から口を挿んで怒鳴り出した。

「もう黙って聞いちゃいられねぇや。黙って聞いていりゃいい気になりやがって。葵小僧だかなんだか知れねぇが、姐御は俺等の命だ。黙って姐御を俺がお前なんぞに抱かせるとでも思っていやがるのか!!出て来やがれ。姿も見せねぇで御大層な、ご託をならべやがって。俺が相手になってやるから俺の前に出て来やがれ!!」

甚八は真赤になって姿をみせぬ相手に向って怒鳴った時だ。身構えた甚八に向って風を切って不気味な音が流れたと同時に甚八の躰に蛇の様に巻きついた物があった。

「ひぇ!!」

悲鳴をあげた甚八の躰に分銅の着いた鎖が飛んで来て彼の躰に巻付き悲鳴と同時に甚八の躰は後に飛んでひっくり返って倒れていた。

「わあ!!…」

悲鳴をあげた甚八の声も姿もその儘聞えなくなっていた。

「甚八さんよ余り意気強るんじゃねぇよ。手前の命の一つや二つ、俺等が怒ったら簡単に頂戴するぜ!!さあ…辨天の懐のお宝を黙って渡しなよ!!さもないとお前のその白い躰から血の気が無くなるぜ!!」

と闇の声が凄んだ。

「親分!!一寸待っておくんなさい…渡しますよ、渡しますから一寸待っておくれな…それよりも親分、先程の条件、先程の条件で本当に見逃がしてくれますかい…」

お藤はもうあきらめた様に自棄気味に言った。

「埒もねぇ…早くから素直にそう言やいいものを、とんだ時潰しをしやがって…さあお藤。

そうと腹が決まったら行こうぜ！黙って俺等の言う通りに歩きな…」

何時来たのか黒い影は既にお藤の後にぴたりと寄りそっていた。お藤を前に歩かせて黒い影は後について歩き出した。

「後を向くんじゃねぇぞ!!黙って俺等の言う通りに歩きな!!」

念を押す様に言った。

赤穂城開城の後家中の侍の大部分が立ちのいているので武家屋敷街は空家が続いていた。かっての活気は微塵もない。その空家の一軒にお藤を導いて新助は入って行った。取り潰になったとはいえ、これらの屋敷には新城主の家来衆が住む事になるのだが、まるで何年も住む人が無かったような荒れ方であった。新城主の家来たちは赤穂家中の狼狽ぶりを笑うに違いない。大部分の屋敷が捨てさられた屋敷として放り出されているのである。その一室にお藤を導いた新助は、

「さあ…それじゃ早速その背中の辨天様を拝ませてもらおうか…早え所着物を脱いでもらおうか!…」

「親分なにもそんなに急いで…私にだって心の準備ってものがあるんですよ…」

ぶつぶつとお藤は躊躇いながら言うのに、

「おぼこ娘じゃあるめいし…なにも躊躇う程の事でもあるめいに。早いとこ着物を脱ぎなよ…」

「急勝だね…こうなったら親分、私は逃げも隠れもしませんよ。だから私をその気にさせておくんなさいな…」

と媚びいる様にお藤は言って笑って見せた。

「……」

妖艶な笑を浮かべたお藤は、さあっと新助の黒い躰へ己の躰を投げだす様に近づいた瞬間帯の後に隠し持った懐剣を抜くや、新助に向って体当りしたが、新助の手はお藤の利腕をつかんでいた。

「あっ!!ちきしょう!!…」

お藤は必死でその腕を引き離そうと揉み合ったが、新助の力に懐剣をたたき落されて突き倒されていた。

「そんな事だろうと思ったぜ。今さら往生際が悪いぜお藤!!お前がその気ならこっちにも考えがあるぜ!」

と新助の顔が不気味に笑った。

五、五十嵐数馬

それより数日前、内蔵助宅へ奥村伝兵衛が訪ねて来ていた。

「先日の返事ならば、内田孫兵衛殿にしておいたが？…」

「お聞き致しました。しかし直接にお聞き致したいと思って参りました」

「何度聞かれても同じ事だ。お久も今考えたくないと申しておる」

内田孫兵衛から奥村伝兵衛の妻にこの家の侍女のお久をと申し込まれた時、内蔵助は気が進まなかった。それでもお久が望んでいるのならば親代わりとして嫁入りさせてやろうと思い、お久の気持を聞いてみると、

「奥村様には嫁ぎたくご座いません」

とお久ははっきりと答えた。で、そのことを孫兵衛に通知しておいたのだが、本人の伝兵衛はそれでも諦めきれずに押し掛けて来たのである。

「お久殿に合わせて頂けませぬか」

「その必要はあるまい」

内蔵助は話しているうちに腹がたっていた。今家中は城を開城し、これから先の事を考

えねばならぬ大事な時である。そんな時に女子一人の事を追いかけている伝兵衛の態度が、内蔵助にはたまらなかったのである。

「どうしても合わせて頂けないのですか」

「今女子一人の事をうんぬんする時ではあるまいと思うが」

「これはしたり。赤穂はすでにお家は断絶となりお城を開城した暁には、拙者上方に縁者がありますから一時落ち着いて、しかるべき所へ仕官するつもりです。それでお久殿を連れて行きたいと思ったのです。間違っておりましょうか」

「お久は、お主の妻にはなりたくないと申している」

「それを直接お久殿から聞きとうご座る」

「みれんな…」

「分りました！やはりそうでしたか…」

「……」

「人の噂ではお久殿は、ご家老の手がついているという事。まさかとは思っていましたがやはり本当の事でしたか!!…」

「馬鹿な!!恥を知れ!!…」

内蔵助は腹がたって一喝すると、

「立ち去れ!!二度と姿を見せるな!!…」

「ご家老こそ恥を知る事だ！来いと云われても二度と来るものか」

伝兵衛はにらみつけて帰っていった。隣の部屋で聞いていたお久は、伝兵衛が立ち去るのを待ちかねた様に部屋に入ってきて、

「旦那様申し訳ございませぬ…」

と頭を下げた。

「聞いておったか。あの様な男の妻にそなたはやれぬ。しかしあの様な男だ、行き掛けの駄賃に何をするか分らぬから、外出する時にはくれぐれも注意致すがよいぞ」

「はい…有難うご座います」

「そなたの行く末については、りくも心配いたしているし、私も考えている。何も考えずに私にまかせておいて呉れ。よいな…」

内蔵助は親しみある顔で言った。お久はそんな内蔵助に対し心から慕っていたが、永年仕えた赤穂ともまもなく別れる時が来ることを知っていた。その数日後の午后、暇を貰ってお久は父母の墓参りに出掛けた。やがてこの土地も去る事になる、最後になるかも知れ

ぬと思いたち墓参りに出掛けた。すませて戻る道はあれ程活気のあった屋敷街も領主を失った街は、火の消えた様な静けさであった。お家断絶と決まった時は城下は大騒ぎであったが、一ヶ月も過ぎると気味の悪い程の静けさが続いていた。家中の侍も大部分が立ちのいているのか武家街は空家が続いていた。お久は空家となった武家屋敷の土塀を縫って大手門へと急いでいた。ふと行く手をさえぎった者があった。

「奥村様!!…」

ぎくっとなった。

「お久殿！そなたの口からはっきりと返事が聞きたかった…」伝兵衛は思いつめた眼でくい入る様にしてお久を見つめた。

「ご返事は差し上げたはずでご座いますが」

「やはりお主はご家老と!!…」

伝兵衛の目が血走っていた。

「はしたない事を…旦那様はその様なお方ではご座いません」

「そんな事で騙されぬぞ！」

「なんとでも言って下さい。失礼致します」

すりぬけようとするお久の袖を伝兵衛はぐっとつかんだ。

「何をなさいます」

ふっきってお久は土塀の中へ逃げ込んだが伝兵衛はすぐ後を追って、

「拙者はなんとでも思いを遂げるぞ!!」

「理不尽な!!」

叫んで逃げるお久を伝兵衛は追って追いつめると、にやりと不気味に笑った。お久は懐剣を抜いて立ち向かったが男の力にすぐに叩き落された。

「人を呼びますよ！」

必死のお久の声に、

「誰も来ぬは！この辺りの者は皆立ちのいているわ！…」

「近づけば死にます！…」

「死ぬがいい！拙者はそなたが死んだとて思いは遂げるぞ！…」

憎々しく言って迫った。もはや伝兵衛は一匹の獣となっていた。逃げるお久の躰に飛びつくや、ぐっと抱きしめると空部屋に強引にお久を引きずり込んだ。暴れるお久の躰を押し倒し、お久の口へ布を押し込んで舌を噛む事をさけさせると、お久の躰にのし掛って猿臂を伸ばしてお久の乱れた裾を払い除けるや下半身に手を差し込んでいったその時である。

「恥を知れ!!こんな時期に女子を手篭めにしようとは情けないぞ伝兵衛!!…」

と声がした。名を言われてぎょっとなった伝兵衛は、振り替ると其処に一人の若い武士が立っていたのを見ると、

「誰だ!!」

と言った。すると、

「朋輩の顔も分らぬ程にうろたえているのか伝兵衛!俺だ五十嵐数馬だ…」

「なに?…数馬。あっ数馬か?お主何故こんな所に居るんだ!…」

「何故だと。私はこれからご家老の所へご挨拶に行く途中だ。なにやら人の争うのを知って入って来れば、この有様だ!!伝兵衛早くその女子を離してやれ!…」

「数馬見逃せ!拙者はこの女子がどうしてもほしいんだ。だから友人としてお主はこの場を黙って出て行って呉れ…頼む!」

「馬鹿な事を言うな!お主とて今どういう時期か好く知っていようが!女子の事など考えている時では無いだろう!!…」

「時が時だから拙者はこの女を妻にするのだ!…」

「なんと云う奴だ。貴様と云う奴は恥を知れ恥を…我々がこれからやらねばならぬ事をお主は知っていようが！」

「拙者は抜けたのよ‼拙者はな、お主達と違って暴徒の仲間などまっぴらだ！拙者はしかるべき所へ仕官する。それが為にもこの女を拙者の妻にするのだ…それだけの事だ！…」

「……」

「だからお主は黙って立去って呉れ！…」

「手篭めにしてもその女子を己の物にすると言うのか」

「知れた事よ。拙者はこの女を前から好きだったんだ。だからこのさい拙者の物にする」

「馬鹿な‼」

「数馬！黙って拙者の言う通りにしろ！お主は早く立去って呉れ」

「許せぬ！伝兵衛己の欲望の為一人の女子を生贄にしようと言うのか」

「なに！数馬‼貴様拙者の邪魔をすると言うのか…」

「当り前の事だ。それ程妻にしたいならば何故正式にその女子の親に申し込まぬ。それをなんだ手篭め同様にして己の物にすると言うのか…」

「いらぬ事だ‼人の事はほっとけ‼」

「知らぬ事ならいざ知らず、これがほっておけるか！」

「貴様どうでも拙者の邪魔をすると云うのか」

「おぉ知れた事だ!!」

「くそ!!」

伝兵衛はお久の躰を離して立ちあがった。

「伝兵衛！庭へ来い!!」

数馬は言って庭へ下りた。続いて伝兵衛も庭へ飛んだと同時に、二人は剣を抜き合わせて構えたが、すぐに伝兵衛は、

「待って呉れ数馬…拙者は気がたっていたんだ。すまぬ許せ!!この事は見なかった事にして呉れよ…」

言って伝兵衛は刀を下げた。

「いいや許さん！貴様の様な奴が赤穂の家中に居たと云う事だけでも許せぬ。こい！伝兵衛!!」

数馬は言うが早く腰を落すと、伝兵衛は、ぱっと身を翻すと逃げに掛った。せつな数馬の白刃がひらめいた。

「ぎえっ‼…」

伝兵衛は悲鳴をあげてその場にうずくまった。

「腰抜け奴。耳をそいただけだ‼すぐに赤穂を立ち去れ‼今度会った時は生かしておかぬと覚えておけ‼」

数馬はあびせた。耳をそがれた伝兵衛は傷口を押えて恨めしげに数馬を睨むと、

「数馬、この恨みかならずかえすぞ！」

言うが早く脱兎の如く逃げていった。

「馬鹿な奴め‼」

数馬ははき捨てる様に言って見送った。

六、数馬とお藤

「其方のお武家様…助けておくんなさい…」

何処からか声がした。数馬は声を掛けられて声の先を探ると、土手の溝から今這い上がって来る一つの影を見た。

「どうしたのだ?…」

と声を掛けて数馬は男に近づいていった。

「旦那さん助けておくんなさい。悪い野郎にやられて難儀致しております。私の連れが何処ぞに連れ去られちまったんで…」

「なに?何処に…」

「へぇそいつが分りませんが…そう遠くじゃねぇと思うんですが…」

「して相手は?…」

「へぇ一人なんですが…とてつもねぇ野郎でして」

男は相撲くずれの甚八であった。数馬は男の体格を見て、

「お主程の体格でか?…相手は一人だろう…」

「へぇ…どうも不意を衝かれちまったんで…どうもこんな始末でして…」

と男はにが笑いをして頭をかいた。まだ分銅鎖りが巻きついた儘の甚八であった。数馬はその鎖を取り除いてやりながら、この分銅が首に巻きついてこの男は一時気を失っていたのだと悟った。

「それよりお主は大丈夫なのか?…」

と声を掛けた。

「有難うご座います。私はもう大丈夫なんでご座いますが…」

頭を下げる男に、

「お主は江戸の者か？…」

と問うと、

「へぇさようで…商用で一寸ご当地までやって来た者でご座います。いぇこんな恰好ですが手前は商人の付け人でして。先程突然に盗賊に襲われまして、私の連れがそいつに連れ去られちまったんで…」

甚八はべそをかいて泣きながらに言った。

「盗賊にか？…」

「へぇ旦那。どうかお願いでご座います。私共を助けると思ってお力をお貸し下さいまし」

と甚八は必死の形相で言った。

「拙者に手を貸せと申すのか…」

「へぇお願い致します。この通りです。どうぞ助けると思ってお願い致します。連れ去られた女子を救って頂きていんで…」

甚八は数馬に手を合わせた。

「連れは女子か…」

「へぇ…さようで」

数馬は偶然に対して驚いた。数刻前、奥村伝兵衛の手からお久を救った。お久が内蔵助の侍女と知って驚き、先程内蔵助宅へ送り届けての帰り道でもあった。今日は好く好く人助けにぶつかる日だと思いながら苦笑すると、

「よし、手を貸そう」

と言った。

「有難うご座います。助かります助かります…」

と甚八は頭を何度も下げた。

「何処ぞの方向に向ったかの?…」

「へぇ…好くは分りませんが、この方向に向ったのじゃねぇかと…」

甚八は言って先に立った。二人はすぐに空家同然になっている武家屋敷の土塀の道に突き当った。

「何処に連れ込みやがったんでしょうか…」

ぶつぶつ言いながら先に歩く甚八に、

「待て！」

言って数馬は甚八をとめた。

「この武家屋敷は既に空家同然になっている。好いか、この何処かに連れ込んだかも知れぬ。拙者はこの右側の家を一軒一軒探してみるから、お主は左側を探ってみて呉れ。もしなにかあったら大声で叫べ。必ず拙者が駆けつけてやるから安心して探せ。よいな」

と数馬は力強い言葉で言った。

「へぇ有難うご座います。その時はよろしくお願い申しあげます」

甚八は一つ頭を下げると左側の一軒へと入って行った。二人は左右に別れて探索に掛った。数馬は油断なく一軒を探り二軒目の空部屋に入った。奥座敷の戸をさっと開けた瞬間、白い物がかすかに動いたのを見て刀の柄に手を掛けて、部屋にふみ込んだ途端ハッとしてその場に立ち竦んだ。其処に白いばかりの肉体を惜しげもなく晒した女がうつぶせの儘横たわっていた。後手に縛りあげられ猿轡をかまされて長く横たわっていた。その女の白い肉体の背中一面に辨財天の彫物が朱色に浮かびあがっていたからだ。若い数馬にとって初めて目にする光景でもあった。それはあくまでも白い裸体に合して美しいまでに浮彫りされた彫絵である。恰も其処に辨天様が舞い下りたかの様であった。しばし数馬は声も無く其場に立ちすくんで見惚れていた。女は人の気配にハッとした様に躰を固くして躰を小さく竦めた。数馬は我に返ると

「ご免」

と声を掛けると後手の縛めを切って手の自由を戻すと、その場に脱ぎ捨てられた着物を取って女の躰を包んでやった。女は力無く猿轡を自分ではずすと、急に慌てた様に取り散らかった下着類を掻集めだした。数馬はそれを見て黙ってその場を離れて庭に降りた。無残だが女は屈辱を受けた後であった。気の毒ではあるが慰めの言葉も浮かばない数馬は唯黙って女の身支度を待って庭にいた。

「お武家様…」

と蚊の鳴く様な女の声がした。数馬は女の声に再び部屋に戻ったが部屋に入るのを一瞬戸惑った。女は下着をつけてはいたが薄い襦袢一枚の艶めかしい姿の儘であった。一瞬若い数馬は足を止めたが女は顔を俯けた儘横座りの儘であった。

「大丈夫か。災難であったな…」

数馬は同情して声を掛けながら部屋に入った。一瞬女は顔をあげて数馬の顔を覗き見た

がすぐに顔をふせたがその眼には涙が光っていた。

「貴女の連れも心配致している。向う側を探しているから声を掛けてこよう…」

と数馬はその場の空気を避ける様に言って腰をあげた時だ。

「厭！厭です…しばらくこの儘にしておいて下さい…」

と女は小さく口ずさむと、突然数馬の胸に躰をぶつける様に飛込んで来たのだ。

「如何致した！」

ふいをつかれて数馬は口走りながらも若い女の躰をがっちりと受け留めていた。若い女の甘い体臭がぷん…と鼻を突いた。突然女は狂った様に、

「厭！厭‼…と叫びながら狂った様に躰をぶつけて来て数馬の躰にのしかかって来た。女の力強い動きに数馬は女の躰を抱きかかえながらもその力強さにその場に押し倒された。と女は狂った様に数馬の唇に己の唇を押し当てて来た。若い数馬は不意をつかれ慌てたが、若い女の甘い体臭と甘い舌の絡みの甘美にいつしか理性を失って、しっかりと女の躰を抱き抱えて女の白いまでの肉体をがっちりと抱き込んで我を忘れていった……

その頃葵小僧の新助は、すっかり町人姿で街に向っていた。歩きながら新助は思い出した様ににやりとふくみ笑を浮かべていた。半刻前、無理矢理に辨天お藤を手籠め同然に犯

したが、これが意外や意外お藤の躰はまだお産子《ぼこ》でまだ男の躰を知らぬ生娘だったからだ。まさかあのあばずれが…思い掛けない事にぶつかって拾い物をした新助は笑いがとまらないのだ。縛りあげると懸命に暴れ続ける女をやっとの思いで秘部に押し入った時のあの苦痛の表情での叫びのうめき声。なかなか押し進められなかった事。後に残った血痕が裏付けていた。まさかあのあばずれが男を知らぬ躰だったとは？…

「世の中杓子定規じゃ許れねえて言うが本当の事よな…あの辨天のお藤が産子娘とはな…」

独り言の様につぶやいて新助はまた、にやりと笑った。金で買った女は数知れずにいるが初物の女を抱いたのには新助にとって感激であった。思い掛けない偶然にこの怪盗にも一瞬の隙をつくった。今街角をまがった途端の出合頭にどんとぶつかった物があった。

「あっ!!」

と声をあげて飛びのいたが、新助の前に数人の浪人の集団が立っていた。

「これはとんだ粗相を致しました」

と新助は言って用心深く頭を下げたのに、

「なに!!とんだ粗相だと！町人のぶんざいで武士に向ってとんだ粗相だと言ってすむとで

も思っているのか!!」

とぶつかった侍が叫んだ。

「へぇ…どうぞご勘弁を…」

言いつつ新助は腹の中で笑っていた。＜なにが武士で…尾羽うち枯らした侍がよ…＞と思いながらも顔で愛想笑いを浮かべながらも、

「どうも申し訳ご座いません。つい先を急いでおりましたもので…」

と頭を下げたが、

「武士に突き当ってそのまま通り過ぎるつもりか！…」

と浪人は口汚く叫んだ。

「いえ…そういう訳ではご座いませんが…誠にとんだ失礼を致しました。どうぞお許しを…」

と新助はぺこぺこと頭を下げながらも、こいつら幾らか酒代がほしいのか?と思ったが、こんな奴等に呉れてやる金は一文だってだせぬとばかりに顔をあげながら、

「どうぞお許しを…」

と言った時だ。一人の浪人が近づいてくると、

「貴奴！唯の町人ではないな!!」

と言って新助の前に立った。瞬間新助は本能的に一歩後退して身構えた。

「こやつ！唯の鼠ではないぞ!!」

とその浪人が後の浪人達に叫んだ。新助は身構えながら相手の出方を待ったと同時に彼の目は既に逃げ場所を探っていた。彼の夜目にはすこし先にある橋の欄干をみつめていた。

「鼠！貴様何処から来た。江戸者だろう…何処の犬だ!!それとも我等同様同じ目的かな」

言いつつ一歩前に顔を出したその横顔は、内蔵助暗殺に失敗した堀田新十郎の顔であった。

「……」

「黙っている所をみればそれも違うか…そんな事はどうでも好い。今夜の我々は虫の居所が悪いのだ!!貴奴が我々にぶつかった事が不運だとあきらめろ！貴奴の命貰いうける…」

「冗談じゃねぇぜ！手前達の虫の居所が悪いからと言ってその度に人の命を取るなんてべらぼうな話があるけい…!!」

「ぬかすな下郎!!命は貰うぞ!!」

大石暗殺の失敗の腹癒せを新助に向けたのだ。新十郎の声に他の浪人達は笑って新十郎の居合切りを待ってその場に立っていた。

「無体な人だ…」

言いながらも新助は相手の出方を待った。鋭い殺気と気合と同時に新十郎の剣が鞘を走った。と同時に新助の躰は大きく空を舞って後方に一回転して地上に立っていた。空を切った新十郎は苦笑を浮かべ、

「鼠！よくぞ拙者の剣を交したな…と褒めてやるが、この儘では許さんぞ！切る…」

との声に、見ていた浪人達が一斉に近づいて来た。

「どうした、新十郎、お主らしくもない…」

「こやつ唯の鼠じゃないぞ!!切れ!!…」

の声に一斉に剣を抜いた。新助の近くにいた浪人の剣が再び新助の頭上に振りおろされた。その時である。振られた剣が弾き飛ばされると同時に、その浪人は悲鳴をあげてどっと倒れた。新十郎達の眼前に忽然とあらわれた一人の浪人が立っていた。

「何奴！」

叫ぶ新十郎達の目に異様な風体の侍の顔があった。左足を半歩前に出し小腰を屈めて大刀を左肩に担ぐ様に構えたその男の右肩袖は風に靡いていた。

七、丹下隼人

半刻後新助と片腕浪人は、うらぶれた居酒屋の縄暖簾をくぐって小座敷にあがって酒を酌交していた。不気味な浪人は口数がすくなく新助の話にはなんの反応もみせぬが、新助の差出す徳利には黙って受けていた。酒がほどなく廻ってやや人心持がついたのか、浪人が初めて口を切った。

「江戸者か?……」

と一言言った。

「へぇさようで…」

と新助の答えに肯くと、また酒を口にした。

「旦那もお江戸の方で?……」

新助の問いに男はじっと遠方をみつめていたが、

「十年前まではおったがな…」

と言った。

「さようで…先程は本当に有難うご座いました。あの時旦那が来て下さらなかったら私は今頃お陀仏になっていたところでご座いました」

「何を言う。お前の躰の動きは唯者ではないぞ！さぞや名のある者とみた。あの相手共も相当の使い手達だったが、あの連中を相手にあの動きが出来るお前だ！唯の町人ではあるまいが…盗人か？…」

「旦那。お声が高過ぎまさ…人様が聞いたら本気にしますぜ…」

「ふふふ…本音を言われて慌ておったな…」

「旦那にあっちゃかなわねぇ…」

と二人は笑ってまた酒になった。と、

「私は丹下隼人と申す。お主はなんと言う」

「へぇ新助と申します」

「で…なにを商いをやっている…」

「へぇ江戸は深川で古美術を商い致しております…」

「それは表向きか…ははは…時に新助お主は本所松坂町を知っているか…」

と突然に聞いた。

「へぇ本所松坂町なら私共のお得意様がご座いますが」

「そうか…その松坂町に土屋主悦と云う直参旗本の屋敷があるのを知っておるか…」

「土屋様。へぇへぇ思い出しました。たしかにお屋敷はご座いますが？」

「その土屋主税殿の弟で土屋源太郎と云う男をお主は知らぬか」

「弟さんですかい…」

「そうだ。その源太郎と云う男だ」

「そのお方は旦那とどんなご関係なんで？」

新助の問いに隼人はしばらく口をきかなかったが、やがて、

「拙者の恋仇かな…否、拙者のすべてを奪ったとでも云うか宿敵だ。拙者の生涯の宿敵だ‼この片腕も彼の為にな…すでに十年になるがな…」

と隼人は重い口を開いて語った。

隼人と源太郎は子供の頃からの喧嘩仲間であった。青年期になって隼人は恋をした。相手は旗本の娘で名を乙美と云う、目鼻立ちのはっきりとした美しい娘であった。隼人はその娘に夢中になって、ある日乙美に胸の内を打ち明けたが、乙美の心には思い込んだ男がいる事を聞かされたのだ。それがなんと友の源太郎であったのだ。この衝撃が大きかった。許せなかった。たとえ竹馬の友であっても思いつめた心の拠所を失った隼人は、自棄にな

り、ついにはその鋒先を源太郎にむけてしまったのだ。これが口争いになり二人は決闘にまで追い込んでしまった。二人の決闘は隼人の右片腕が飛んで幕とはなったが、その二人がそれから江戸から姿を消した。源太郎は竹馬以来の友の腕を切り落してしまった世の無情に対して、また隼人は己の惨めさに不覚を取った己の剣に対する慢心さに…それから十年。片腕の隼人は山に入り一人黙々と剣を学んだ。そして尚も剣を研くべく山を下ったのだ。今彼の剣は無気味なまでに冴えわたっていた。片腕剣法だがその腕の冴えは驚くべき物になっていたのだ。

「旦那は今その源太郎と云うお方に逢ったらどうなさるんで？…」

「無論今一度立ち合いたい。それが為に私は今日まで生きて来たんだ！」

「さようで…」

「それでお主に頼みがある。その土屋源太郎を探して呉れぬか…お主の様な顔利きならば人を一人探す事など造作も無いだろう…」

「へぇ！そりゃその道に闌けた奴等を何人も知ってはいますが…その方の事は直ぐにも情報が知れましょうが…唯旦那そんな昔からのお友達と命のやり取りを何故もう一度なさるんです？…」

「それは…男の意地かな…」

「男の意地ね…?…」

「不服か…私の意地が…分るまいの…十年前の拙者のこの惨めさが…今一度源太郎と立ち合わねばこの十年、なんの為に生きて来たか…今一度立ち合わねば拙者は死ぬに死ねぬのだ……」

悲痛な言葉に新助は、

「分りましたよ旦那!江戸に戻り次第、その道の連中を使って行方を探らせましょう」

「頼むぞ!」

云って隼人は新助に頭を下げた。二人が打合せていた頃、その当の源太郎がこの赤穂にいる事を二人は知らずにいた。

夏の盛りに大石は、尾崎村から引き移ったのは京・山科西野山村で現在の山科区の東部に当る所へ移転した。旧い邸を自分好みに改築し庭には四阿《あずまや》を建て、その周囲に好きな牡丹の花をはべらした。今動く事は大学様取り立て運動への悪影響だけでなく、あらゆる意味でも不利である。江戸の急進派の動きが気にはなるが、内蔵助は千坂兵部の仕掛けて来るのが手に取る様に感じ取れるのである。内蔵助の真の相手は吉良でも上杉でもないのだ。

柳沢であり公儀であるのだ。今は唯〝忍〟の一字のみである。山科に移ってからしばらくして主税を呼んで聞いてみた。内蔵助は余りにも出来の好い長男が心懸りであった。代々家老の家に生まれ日頃の教導のよろしきせいか十五才の若者である。有事の際には進んで家と主君の為に殉ずる事を第一義とされているが、まだまだ十五才の若さだ。家や主君からはなんの恩恵を受けたとは言えるだろうか？…内蔵助は我が子を道連れにはしたくはなかった。四十四年生きてきた自分ですら、まだまだ人生に未練が残っている。主悦には生きる楽しさをたっぷりと教えてやりたいとは思うが、主税は不幸ながら浅野家筆頭家老の家のの長男として生まれ合わせたのだ。筆頭家老の長子を外すわけにはいかないし、本人も亡君に殉じたがっている。主税の覚悟を確かめた後、内蔵助は妻りくと三人の子供を妻の実家である豊岡の石束家へ帰す事にした。妻子を離別したのは一挙後累を及ぼさないためでもあった。その時りくにお久の将来を託したのだ。本人も喜んでりくと共に豊岡に移り、後りくの世話で京都の商家但馬家の嫁となった。

八、辰巳屋幸右衛門

内蔵助は身軽になって心おきなく遊ぶために妻子を実家に追いやったとも言われた。実家に帰ったりくは妊娠しており、七月の声を聞いて三男大三郎と出産したのである。

伏見撞木町、島原、祇園、時には大阪の新町や奈良の木辻《きつじ》にまで足を伸ばし妓楼の総揚げに遊女を全員買い占め料理人や若い衆お針子にまで心付を弾んで遊んだ。同志が食うや食わずの窮乏生活に耐えていると云うのに、平気で遊んだ。最も好く遊んだのは撞木町で揚屋笹屋に登楼し、一文字屋の夕霧や浮橋を呼んだ。ともあれ内蔵助の乱行は伏見奉行を経由して逐一幕府に報告されていた。吉良の間者たちすら欺いたのである。直接の関わりのない幕府が騙されたとしても不思議はない。まさに内蔵助の狙い通りであった。伏見奉行の報告と相前後して千坂兵部へも京に放った間者から大石の復讐の意志なしという報告を受け取ったが兵部は、その報告を本当と思えず尚も密偵を送り込んでいた。

祇園の井筒屋では三味太鼓に合わせて一座の者が賑やかに囃し立てる、内蔵助の腹芸の巧妙な動きに笑い声が爆発したし、また笹屋の二階から灯と嬌声がこぼれ落ちて底が抜けるような騒ぎに遊客達の耳目を集めていた。

「おう…あれがいま名代の浮気大尽か」

と道行く者もあまりの馬鹿騒ぎに目を瞠った。

「あれが赤穂の大石よ…」

「大石でのうて軽石やな！」

「赤穂でのうてあほう浪士や‼」

と人々の口にのぼっていまや大石に、

「阿呆浪人の軽石空之助」

と蔑まれ天下の悪罵の的となっていた。天下の彼に対する仇討ちの期待が大きかっただけに、その裏切られた反動は大きい。吉良上杉に集中していた悪声を今や大石が肩代わりした観があった。

「大石奴！なかなかやるのう…」

兵部は間者からの報告に接して感嘆しいずれも一筋縄ではいかないと間者を大石の身辺に貼りつかせてあるが、あまりにも凄まじい放蕩ぶりに間者の間にも、また江戸の急進派の連中も血気に走らせて動揺させるだけである。敵の目を欺くための擬態と心の裡で理解していても正気の沙汰とはおもえない痴態を連日繰り広げられるのを見れば、今や大石が心身ともに腐り果てたとしか思えなくなっている者が多くなっていた。

「もはや大夫頼み難し。我ら存念真実なる者のみで事を起こそうではないか」

と云う声が同志の間に盛り上がってきていた。

その夜笹屋では夕霧と呼ばれた内蔵助お気に入りの敵娼がすーっと内蔵助の傍らへ来て、

「浮き様。お江戸のお方で辰巳屋幸右衛門様と云うお方が、浮き様にお目通り願いたいと申しておりますが如何致しましょうか…」

「なに…江戸のお方とな?…」

「はい！この所、浮き様同様に毎日の様にお遊びにお見えになっていらっしゃるお方でご座います。なかなか遊びなれしているお方で浮き様にぜひ一度お目文字致したいと…」

「そうか。お江戸の粋人と聞いてはお逢いせねばならぬな…お通し致せ」内蔵助は言って笑ったが江戸者と云えば千坂の回し者か?…それとも柳沢か?…いずれにしてもこの大石の腹を探りに来た者か。それならばそれなりに相手をしてやるわと内心に語っていた。

「早速のお聞き入れを頂き誠に有難うご座います。これは浮き大尽にお初にお目に掛ります、私は江戸で古美術を商いに致しております辰巳屋幸右衛門と申します。誠に突然勝手に押し掛けて同席をお願い申しましてお許し下さい。江戸の遊び仲間の一人とでも思って下されば幸いでご座います」

「いやいやさあさ…此方へおいで下さい。お江戸のお方の遊びとでは、この田舎者の遊びなどは比べ物にならぬと存ずるが…どうぞお寛ぎ下されい」

「これは誠に有難うご座います。突然に勝手を申し上げ、ご一緒をさせて頂き誠に申訳ありませんな…」

云って内蔵助の前に座ると、

「まずはお挨拶代りでご座いますが、これなる品、お近づきのご挨拶にお受取り下さいませ」

と辰巳屋は言って房包みを内蔵助に差し出した。

「これはご丁寧な事を…頂戴致す」

と受取ってその包物の中身を見ずして内蔵助はハッとして気付いた。

「これは…？!!」

「はいはい…ご心配なく。幸い誰の目にも触れずに私奴の手に入りましたので。浮き大尽にお目に掛るには誠に好い品と思い持参致しました…」

と言って辰巳屋は内蔵助の目を見て微笑んだ。二人の目ががっとぶつかった。しばらく

無言の二人。やがて、

「ご武運影ながらお祈り申し上げております」

と辰巳屋は小声で言った。

「忝い！……」

と内蔵助は辰巳屋の手を握った。二人はがっちりと手を握り合った。

読者の皆様は既にお分りと思いますが、辰巳屋とは葵小僧の新助であった。この新助が後刻大石を見張る間者の目を欺き、浮き大尽に成り済まして大石がそっと江戸へ向うのを手伝い、間者達をやきもきさせたのである。

九、数馬無惨

五十嵐数馬は赤穂を立って江戸に向っていた。その側に辨天のお藤が寄り添っていた。二人はあの時から唯ならぬ関係になってしまっていた。お藤はあの時新助に犯され女にされた。屈辱と男の巧みな誘導に翻弄されて何時しか女の本能に目覚めさせられていたのだ。その恥ずかしい乱れた裸姿を美男子の数馬に凡てを見られてしまった。その恥ずかしさにお藤は女の本能に目覚め自分でも驚く程積極的な行動を取って数馬に抱き付き、その唇を塞いでいたのだ。数馬もまた突然の女の行動に驚きながらも初めて知るその甘美の世界に引きずり込まれて、数馬も何時しかお藤の躰を夢中で抱きしめていた。永い口吻の後は若い二人の躰は本能の向くまま激しい愛欲の世界へと滑り込んでいったのだ。一度抱き逢ってしまった二人の間に激しく燃えあがり数馬は何時しかお藤を我が家い導き入れて、再び二人は肉体を燃えあげて何度も性欲のおもむく儘に結ばれて二人は離れられぬ間柄になってしまっていた。が数馬には敵討という大望がある身である。今女の肉体に溺れている場合では無いとは思いつつもお藤の若い肉体におぼれていたが、思い切って勇を蹴って江戸行きをお藤に伝えたのだ。但し本望のある身分を伏せて、唯江戸に急用がある身だと説いて聞かせたのだ。お藤はすでに数馬が赤穂藩士の身分を知っていた。赤穂の藩士ならば当然の事江戸へ向うだろうと心得てはいたが、唯今のお藤には江戸に帰るには何の収穫も無い虚しい我が身であり、この不始末をどの様に千坂兵部に報告すれば好いのか迷うだけだった。だが今は愛しい数馬と別れる事は出来ないのだ。数馬の説得に同行するほかなかったのだ。そんな二人の旅立ちであった。その二人の旅の後をとぼとぼと相撲くずれの甚八が続いていていた。甚八はお藤の心替りに驚いていたが赤穂藩士の数馬と同行するにはお藤になにか考えがあっての事かと考え直して後から離れずについて歩いていた。

街道には山桜が散りだし風に吹かれ花片が舞いあがっていた。と二人の前に突然に黒い影がすーっと立った。

「待っていたぞ数馬!!…」

と男は言った。

「奥村伝兵衛か!…」

「そうだ貴奴の為にこの様な片輪者にされたのだ!その礼に来たぞ数馬!!…」

「懲りぬ奴だ!たかが一人の女の為の恨みか、馬鹿な奴だ…」

「そうだ拙者は懲りぬ男だ!まして貴奴には先日の礼をたんとさせてもらうぞ!!…」

言って後方を向き、

「皆様方頼みます…」

と声を掛けたと、

「おぉ!!…」

と伝兵衛の声に五人の浪人が姿をあらわした。その顔の中に堀田新十郎の顔があった。

新十郎達は大石の暗殺に失敗し、葵小僧も丹下隼人に邪魔された後、偶然に伝兵衛に話掛けられ助太刀を頼まれたのだ。路銀稼ぎにと伝兵衛の手助けに同意したのも心の不満の遣場からだった。

「皆様方。その男を思う存分に殺って下さい。奴が先日お話した男です」

「分った！…」

と数馬に向って、

「お主にはなんの遺恨も無いがな…そういう事だ‼斬る…」

と新十郎は剣を抜き払った。他の浪人達も一斉に剣を抜いたと同時に数馬を取り囲んだ。

「お藤さん逃げなさい…貴女には関係のない事だから、早くこの場から離れるんだ…」

と数馬はお藤を後に庇いながら剣を抜いて構えた。

「ゆくぞ‼若いの…」

新十郎の声に浪人達は一斉に数馬に襲い掛った。

「喧嘩だ！喧嘩だぞ‼…」

街道を行く旅人達は立ち留まって固唾を飲んでみつめた。剣光が乱れ飛ぶ、右に左に襲い掛る剣を数馬は必死に防ぎ切り込んだが五人の剣は鋭い。多勢に無勢、何時しか手傷はだんだんと多くなっていった。数馬とて一刀流の免許を持つ身なれども新十郎達の実戦で鍛えた暗殺集団の無頼剣の凄まじい剣の前には、だんだんと追い詰められていった。

「死ね‼…」

真正面から新十郎の剣が掛声と同時に振り下ろされたその時だった。お藤が数馬を庇う様にし身を投げ出して新十郎の剣をまともに受けていた。

「わぁ…」

お藤は悲鳴諸共どっと倒れ込んだ。

「お藤殿！…」

数馬の悲痛の声も空しくお藤はその場にばったりと倒れた。お藤を庇う間も無く数馬にも数本の剣が襲いかかった。必死に払いのけるが、大上段から振り下ろされた新十郎の豪剣を眉間に受けてしまった。

「無念！…」

数馬の悲痛の声が流れその場に両膝をついてしまったその時、

「数馬！どうだ数馬‼俺が引導を渡してやる…死ね‼」

と今迄隠れていた伝兵衛が駈け込んで来ると、大刀を振りかぶり振り下ろした時だ。数馬は本能的に最後の力を振り絞って剣を水平に一陣していた。伝兵衛の脇腹を切りさいたのが同時であった。伝兵衛は前のめりになって数馬の横へ倒れ込んだ。同士討の様に二人は倒れて息を引き取ったのだ。

「馬鹿な奴だ！…」

新十郎は伝兵衛の行動を吐き捨てる様に言って、伝兵衛の懐中から財布を引き抜き、

「これは約束だから貰って行くぞ！…」

と吐き捨てる様に言って仲間を見廻した。二名が数馬の手に掛って即死していた。新十郎は薄笑を浮かべると残った二人に、

「行こう！終った…」

と言って歩き出した。

赤穂藩士五十嵐数馬、志中ばに惨殺される。数馬二十三才の死は直ぐに内蔵助の元に報告された。その時座敷でお茶をたてていた大石は、

「なに数馬が!!…」

と絶句して、しばらく放心状態であったが、やがて静かに目をつぶり黙礼を続けていたが、やがて静かに目をあげて一人言の様に、

「惜しい人物を亡くしたものだ…彼ならば江戸の急進派の連中をとくに安兵衛を説得して

共に纏めてくれる役には一番相応しい人物と思っていたものを…」

と嘆き、報告に来た吉田忠左衛門に、

「それにしても数馬ほどの使い手を斬殺するとは…敵も相当の使い手であったとみる…方々もくれぐれもご注意下されよ。それにしても大事な戦力の一人を失ったものだ…」

と落胆させたのであった。

第二部　剣風恋時雨の巻―終り―

その頃堀部安兵衛は東海道を下っていた。場合によれば大石を斬ると心に言い聞かせながら……

第三章　雪上の死闘の巻　―剣は知っている―

一、大石危機一髪

内蔵助の乱行は幕府の目を欺くための苦肉の策とは云え、同志の間には深い亀裂をつくっていった。最盛期には百三十名を数えた同志は、内蔵助の放蕩の間に六十名ほどに減っていたのである。この中には変節したのではなく内蔵助に絶望して脱盟した者もあったのだ。去る者は追わぬ主義の内蔵助であった。七月十八日大学長広の処分が決定しなかったら内蔵助の放蕩はまだつづいていたろうし、一党は完全に分裂したであろう。七月十八日幕府が下した浅野大学の処分は分解寸前であった浅野家遺臣団をぎりぎりで再結束させたのだ。

「大夫を斬るのだ。それ以外に方法はない!!」

江戸の急進派の意見がまとまり六月堀部安兵衛はその任を受けて京都に到着し、大高源吾に逢いその足で原惣右衛門と逢った。

「大夫の廓遊びはますます募る一方でご座る。もはや大夫には仇討ちの存念はないと見るほかはご座らぬ。この上は大夫を除いて一挙を進める外はご座らぬ!」

「では拙者も同行しよう」

惣右衛門も加わって三名で撞木町笹屋で放蕩を続けている内蔵助を訪ねた。安兵衛は二人に内密に今宵内蔵助を討ち果たし、その足で上方の同志を糾合して一気に江戸へ押し下り、江戸の同志と合流して事を挙げようと計画していたのだ。三味に太鼓に合わせて賑やかに囃し立てる中を、今目隠しの内蔵助が女共と歓声を大袈裟な悲鳴をあげて遊びほうけている姿に、最終まで揺れていた安兵衛の心が定まったのだ。安兵衛は今まさに刀の柄に手をかけて内蔵助のあげて傍へ近づいていった。一座の者は誰一人として安兵衛の殺意に気づかなかった。内蔵助はまだ目隠しのままで、

「どうじゃ安兵衛。お主も遊べ遊べ…」

と無防備に目隠しをはずそうとした。

〝いまだ〟安兵衛の手練の一刀が鞘走ろうとしたその時であった。廊下からがたがたと潮田又之亟と貝賀弥左衛門が奔り込んで来たのだ。

「大夫！唯今在府の吉田忠左衛門殿より急飛脚が到着致しました！…」

と告げた。

内蔵助は目隠しを除いて、弥左衛門から受け取って書状に目を走らせた。

「大夫!!江戸表より何を知らせてまいりましたのです?…」

安兵衛は柄頭にかけた手を戻して内蔵助の答えを待った。と、

「さあさ…女子供達よ。今宵の遊びはこれまでじゃ…」

内蔵助は普段の顔で女達をさがらせると、

「唯今吉田殿の書状にて去る七月十八日に、ご老中河部豊後守様より、浅野大学様に対し閉門さし許され知行召し上げのうえ、その身柄を松平安芸守様にお預けの旨仰せつけられた由でご座る…」

と告げた。平静を装うていたが声は沈痛に湿っていた。一同は暗然として声もなかった。此処に遺臣一同が託していた主家再興の一縷の望みが完全に断たれたのである。

「かくなる上は、もはやなにをかためらわん。今は同志を集めて一挙の儀を謀りとうご座る。方々もさよう心得られよ」

内蔵助の口調は別人のように改まったのである。此処に内蔵助をはじめ一党は主家凶変以後最大の危機を躱したのである。

「安兵衛！其方にも心配を掛けたのう…江戸は其方に任せるぞ！もはや我が意は決して迷う事はない。内蔵助を信じて頂きたい。なれど内蔵助いささか作戦があるのだ。十月までには一切を整理して江戸へ下る所存でご座る。各々方もさよう心得あって、それまでに出

府頂きたい。存府の同志には精々吉良の動静を探ってもらいたい。吉良の人数、上野介殿の日常、邸の内部、上杉の手配り周辺の事情等、八方手を尽くして探索して頂きたい。同志一同が江戸に顔を揃えるまでは、くれぐれも抜き駆けは無用にされたい。この儀堅くお約束願いたい…」

と一座の者に言い渡した。

二、笹川忠兵衛

浅野大学の処分決定の報は、大石より早く千坂兵部の許に達していた。兵部はこの事の結果がどの様に吉良家にはね返ってくるかを考えていた。すぐに小林平八郎を呼んだ。

「お呼びでご座いますか…」

平八郎は兵部の前に跪いた。

「いよいよ来るぞ！…」

「はっ…？」

「浅野内匠頭の舎弟が広島へ配流となった」

「それでは！…」

「さよう。大学の安否決定と共に大石の態度が定まる。これからは戯の化けの皮を脱いで一途に吉良殿を狙ってくるであろう。大石の動きが気になる!!…出来れば其方に行ってもらいたいが、其方は吉良様を守る任がある。笹川忠兵衛に出立するよう申しつけよ」

「笹川忠兵衛にご座いますか？…」

と平八郎は首をかしげた。

「いかにも。この様なお役のために飼っておいたのじゃ。唯今出立すれば大学処分の飛脚と相前後して京都に到着出来るであろう。大石の身辺にピタリと貼り付けて動静を逐一報告させよ」

「承知仕りました」

「よいか忠兵衛にしかと申し伝えよ。大石に手を出してはならぬぞ。唯監視せよとな」

命を受けた笹川忠兵衛はすぐに京都に向った。すでに大石の擬態に欺されて吉良の間者達はあらかた引き揚げてしまっていた。兵部にしてみればそれも間者を引き揚げさせて、大石を安心させたのであるが、大学左遷の報告を伝える使者と前後して新たな間者が入り込んで来ようとは、いかな大石も予測しないだろうと思ったのだが？…

笹川忠兵衛は大石の動静を見張れと命ぜられた時、上方見物が出来ると喜んだ。その上心はすでに京の遊里に飛んでいた。音に聞く京女の柔肌を大石監視の名目で存分に味わえると思うと、おのずと足は京へと急いでいた。もともと女好きで遊びはこの上に大好きの忠兵衛にとってこの上ない好い仕事である。その上官費旅行であるのだから、こんな役が廻って来たのだから我が世の春とばかりに喜んだのだ。思い切り羽を延ばして遊んでやるぞ！…と心に誓って満面に笑みを浮かべながら心急くままに京に向ったのだ。京に入るや彼はすぐに撞木町の笹屋に飛込んで、まず大石の顔を覗き見て、

「おぉ…やっているぞ…まずは拙者も」

とばかりにその夜京女の甘い香りを堪能し、思い切り派手に遊んで祝儀を弾んだ。中年の下女を一人金で手懐けて大石の動向を逐一報告させた。今日も今日とて下女の顔をみると、

「浮き大夫はまだ居るのか？…今日はやけに静かだが？…」

と心配顔で聞いた。

「はいはい浮き様は唯今はお休みになられていらっしゃいますよ」

と聞いて安堵すると、根が遊び好きの彼は再び女を呼んで遊びに熱中した。

「たまらんな…大石が遊んでいる間は当分拙者も遊んでいられるのだから…」

とにやりと笑った。やがて別室の騒ぎがまた一段と派手になったのを機に、

「よし…こうなったら大石の様子をこの目でじっくり見てやろうか…」

と忠兵衛は思いつくと、彼はまず下女を呼んで相談してみた。浮き大夫の相手が夕霧と聞き、下女を通じて夕霧に浮き大夫の席に同席を依頼してみたのだ。下女はさっそく夕霧に相談すると、同席を大夫がよいとの返事に彼は心躍らせ緊張しながらも浮き大夫の部屋に案内された。部屋に入った彼は愕然として立竦んだ。浮き大夫を名のる男の顔は大石とは似つかぬ男であったのだ。

「さあさ…どうぞどうぞお気軽に此方にどうぞ…」

と言って笑う男は町人髷の男であった。

「計られたか!!…」

と心に叫んだが後の祭りであった。

「しまった!!ご家老になんと報告すればいいのだ…」

と忠兵衛は真青になった。

「おや?お顔の色が悪い様ですが如何なされましたかな…」

と男の声に、

「いや誠に申し訳ない。同席をお願い致しながら急に腹痛を催致した。失礼を致す…」

と言って慌てて部屋を飛出していった。その慌てた忠兵衛を見送った男はニヤリと笑った。その顔は誰あろう葵小僧新助であった。新助は大石の江戸下りを知ると自分から勝手でてこの数日敵の目を欺く為に内蔵助の身代りとなって浮き大夫になっていたのだ。

その頃大石の一行は東海道を江戸に向っていたのだ。その夜から新助の姿は笹屋から消えていたのだ。

三、宇都谷峠の大石一行

内蔵助の伴は、小野寺十内、間喜兵衛、近松勘六、間瀬久太夫、小山田庄左衛門、勝田新左衛門と元服した大石主税と吉右衛門であった。一行は十日目宇都谷峠へ向っていた。峠は上下一里の行路である。この大石一行を見え隠れに尾けていた宍倉蔵人は、いよいよ峠頂上の手前で突然二人の人影に進路を塞がれた。

「京よりつかず離れず大夫の後を尾けて来る胡乱な奴!!おおかた吉良の廻し者か!!」

と二人の若い武士が柄頭に手を掛けたのは、武林唯七と菅谷半之亟であった。蔵人を影の警護と知らぬ二人に、

「待て‼…」

蔵人はうろたえた。大石の方に注意を集めていたため陰伴に気がつかなかったのだ。

「なにが待てだ‼この期に及んで未練な奴だ…抜けい‼…」

「抜かねば行くぞ‼…」

と武林、菅谷は抜刀した。

「刀を引かれよ。拙者は大石様の叔父君大石無人が家来、宍倉蔵人と申す者、主人より大石様の影の護衛の任を命じられし者でご座る…」

と名のった。二人は慌てて、

「菅野、刀を引け。誠に申し訳ない事を致した。知らぬ事とて誠に…」

と武林は頭を下げた。

「いや。それよりも大石様とだいぶ離れてしまった。早く追いつかねば…」

と蔵人の言葉に二人も慌てて後を追った。

その頃大石達一行は峠の頂上に来ていた。

「暫時休みましょうか…」

小野寺十内が言った。

「丁度清水も流れております」

「少々腹がへったの…」

と内蔵助が言うのへ間喜兵衛が、

「峠を下りました所に団子などを商う店があります。小豆の餡をたっぷりぶした十粒を一串に刺した十団子と呼ぶ名物がご在ます」

「十団子か、聞くだけにうまそうな団子よの」

甘い物には目のない内蔵助は早くも口中に唾をためていた。吉右衛門は竹筒に流れる清水を入れていた。

「江戸まで後四十数里。四、五日で行けるかの？……」

と内蔵助の言葉に、

「安兵衛達が首を長くして待っておりましょう…」

と十内が言ってうなづいた。とその時一人の浪人がその場に姿をあらわした。

「大石内蔵助殿とお見うけ仕る」

浪人が低い声でつぶやいた。内蔵助はその声に記憶があった。数日前暗闇の中で顔は見えなかったが鋭い殺気を感じて内蔵助はその場に立留った。背筋にぞくぞくとさせられた荒廃した剣の持ち主である。天稟の才剣が世に入れられずに荒廃したのであろう。

「なに奴!!」

殺気を感知した内蔵助の声に、その男は一歩前進しようとした時だ。

「大夫!!…」

と声が掛って四、五名の武士達が駆けて来るのを知って、

「後日また!…」

と言い残して去った男の声である。

「名を名のられい!」

「名乗る程の者ではご座らぬ。大石殿には意思遺恨はご座らぬが、故あってお命頂戴仕る!!…」

「吉良様の刺客か!!」

近松勘六が抜刀して言った。

「無益な殺生はしたくない。お手前方は退かれよ!!…」

と男は言った。大石以外には眼中にないようであった。

「おのれ!!言わせておけば」

勘六が斬りつけた。瞬間その剣を地上にはね飛ばすと、左足を半歩前に出し小腰を屈めて大刀を左肩に担ぐ様にして構えていた。その右肩袖は風に揺れていた。

「退かれよ！次には容赦せぬぞ!!…」

と言った。

「お手前方の敵ではない様だ…」

大石は他人事のように言って前に出た。

「大夫!!この者は拙者等が命に掛けても防ぎまする故、どうぞこの場を早くお逃げ下さい」

と間瀬久大夫が言ったが、

「無用じゃ！とても逃げ切れぬ…大石内蔵助お相手申す」

内蔵助は悠然と大刀を抜いた。

四、源太と隼人の死闘

その時遠方から、

「丹下隼人待て!!…」

と声が掛った。注意を逸らすと、

「大石様を討ってはならぬぞ！」

と追い打ちを掛る声に、自分の名を知る者は何者ぞと隼人が声の方向に向いた時、峠の下から早足で近づいた渡世人姿の江戸節源太がお浜を連れて姿を現した。その源太を見つめて、

「あっ!!…貴様土屋源太郎!!」

と口の中で呟いた。無理もない、突然に怨敵土屋源太郎の顔を其処に見て唸った。あれから十年の間山に篭り唯ひたすらに剣を磨いた。山を降り江戸に戻って三年、唯々源太郎を探し求めて歩いたが知れずに居たその相手が忽然と姿を現したからである。

「隼人。大石殿を討ってなんの武士道か…」

「俺の武士道だと…そんな物はもうとうの昔に捨てたは…」

「ならば何故に大石殿を付狙う!…」

「もとより金の為よ!金の為ならば誰にでも雇われるは…」

と投げやりに言った。

「それで己に恥ぬのか!…」

「それもこれも貴様ともう一度剣を交えたいが為だ!此処で逢ったが幸い、もう一度立合え源太郎!!…」

「分った。相手はする。だがその前に大石殿一行を行かせるぞ」

「好いとも。もとより貴様に逢う為の路銀稼ぎで引き受けた仕事だ。貴様に逢えたら他の事など俺にはもう必要などないは…」

「よし分った。大石様江戸まではまだ数日ご座います。呉々もご用心下さいませ」

と声を掛ければ、

「度々のご助勢忝うご座る…」

と頭を下げた。そこへ宍倉蔵人と武林、菅谷が追いついた。内蔵助は三人の顔を見て、

「武林も菅谷も密かに伴をして呉れていたのか…」

「はい!唯大夫の後を見え隠れにつけているこのお方を吉良方の刺客と思い咎めましたる

所、大夫の叔父君様の所のお方と聞き…」

武林の説明に、

「そうであったか…お主達には話してなかったがそのお方は叔父君の所の一番の使い手で、叔父君が私の事を心配して着けて呉れた影の警護人でご座る」

と話した。

「知らぬ事とて誠に申し訳ない事でした」

と話逢うのに、源太は蔵人に、

「江戸までの道中、大石様の警護お願い致しますぜ蔵人さん」

と声を掛ければ、

「分った。だが源太殿大丈夫ですか。相手はなかなかの凄腕の様だが?立合見届けようか…」

の声に、

「いやこれは二人だけの問題です。それより蔵人さんは大石様をご無事に江戸まで送っておくんなさい…」

と笑ってみせた。

「分った。では先に行くぞ。そうだお浜殿をどうする。拙者が連れて行こうか」

と言えば、

「私は残ります。私は死ぬも生きるも源太さんと一緒ですから」

ときっぱりと蔵人に言った。

「分った。武運を祈る」

と言って蔵人は大石一行の後を追った。

源太郎と隼人は睨み遭い激しい殺気が流れた。隼人の剣が飛んだ。鍔迫合が続きぱっと二人が左右に離れた。隼人の剣は静かに左肩に担ぎに構えを取った。源太郎の剣が顔の前に水平に構えられて一呼吸を取ると、静かにその剣は下方へと降りていった。これが源太郎の誘いであるが、さすがの隼人もこの誘いには乗らぬ。ならばと剣光が再び流れ、いく度となく火花が散る。二人の死闘は小半刻（三十分）近く続いていた。息付くまもなく隼人は此処で最後の決着を付けるべく全身の力をこめて大刀を力のかぎりに振り下ろした瞬間、剣を握っていた左手に大きな痺れを受けた。と同時に彼の大刀は大きく空を切って跳ね飛ばされていた。

「無念！…源太郎拙者の負けだ!!さあ切れ」

言ってその場にどっかと胡坐をかいた。

「隼人…お主好くも片腕でこれ程までに修業を積んだな…お主が片腕でなかったら俺等の負けだったぜ！これ程の剣を磨いたお主だ。その腕をもっと武士道の役に立てて呉れ…これが昔仲間の忠告だと思って聞いてやって呉れ頼む…」

頭を下げた。

「なにを今更…」

「隼人…お主は強い。その剣で立派に生きていって呉れ、生きるんだ…いいな…俺等はまだあの人達のお役にたたねばならねえんだ…江戸へ行くぜ！隼人これでひとまず別れるぞ」

言ってお浜を促すと大石達の後を追って足早に去って行った。

「待て源太郎!!…源太郎の奴め…」

言って唇を噛んで隼人は源太郎を見送ったのだ。

源太とお浜が江戸に向うには、お浜の決意があったからだ。忍び衆霞の十藏と配下達がお浜の命を狙っているのだ。ましてや頭領の十藏は江戸に居る。二人の姿を見れば必ずや襲って来るだろう。だが今のお浜は源太とこの数日夫婦生活を送って女の芯の喜びを心から噛み締めたのだ。いまのお浜は片時も源太と離れられないのだ。江戸に向えば必ずや忍び衆の襲撃が来る事は分っているが、今のお浜はそんな事にはなんの心配も不安も感じてはいなかった。むしろその時は死んでもいいとさえ思っているのだ。だから源太から江戸行きの相談を切り出された時には、なんの躊躇いもなくすすんで江戸行きを希望したのだ。源太も何処に居ても忍び衆の目が光っていると思えば、一緒に行動した方が源太も安心とも思ったのである。二人の足は大石達を追って早まっていた。

五、柳沢吉保と千坂兵部

柳沢吉保は動いた。吉良家を呉服橋から本所松坂町に邸替えを命じたのは、浅野の旧臣達の押し込みが必ずや決行されると感じ取ったからだ。何故ならばこの度の片手落ちの評定に対しての世間の評価が余りにも悪い。公儀に対しての抗議の強さに江戸町人の赤穂浪士の仇討の願いが強く、下手をすれば抗議の刃が幕府に向って来ぬとも分らぬ、それを放置したとなれば自分の身がどうなるかと考えただけでも身が細る思いであったのだ。まず吉良家を遠ざける事を考えて実行に移したのだ。すこしでも江戸城から遠ざける事で旧臣共が押し入って来ても我が身は安泰と考えたのだ。今の吉保の権力からすれば浅野の浪士共の企みなどは虫のように叩き潰すのは造作もないのだが、そんな事をすれば江戸市民の反感がますます強くなり暴動が起きるやも知れぬ。唯この権力を利用しての大事は、浅野の旧臣共を使って大きな獲物を刺し殺す武器にする事だ。吉保の照点は上杉家十五万石であった。これは単なる十五万石ではないのだ。上杉謙信公を始祖とした名家であるのだ。だが徳川家にはかって弓を引いた事がある家柄でもあるのだ。息の根をいつかは止めてやりたいと思っていたのである。何故ならば徳川家が少しでも衰えの兆しが見えれば、必ずや反意を明らかにする一番の指導格であるからだ。この上杉家をなんとか落ち度をみつけた取り潰したいのだが、千坂兵部と云う江戸家老がでんと座っている。この家老大石内蔵助にも優るとも劣らぬ傑物であり幕府の吉保の肚裏を見透しているのだ。徳川綱吉もあの時腹立ちまぎれに自ら下した処断であったが、あれはやりすぎであったと後悔していたが、浅野大学の処分に対しては成り立つ様に計らえと意見を述べたが、その時母桂昌院が強硬に反対したために母親に弱い綱吉は意見を覆したのだ。よって浅野大学を広島へ配流とさせたのである。これで大石は必ず暴徒に走るは決定的である。ならば赤穂の浪士共が吉良邸に押し込みをはかった時、助太刀に上杉家を引っ張り出させて喧嘩両成敗を理由に取り潰しの口実にしたいのだ。だがいかにすれば上杉共を駆り出させるか策をねらねばならぬと大きく息を付いた。

その頃上杉家千坂兵部は小林平八郎を呼び出していた。

「お呼びでご座いますか…」

と膝をついて挨拶するのに、

「平八郎。お主の命この兵部に呉れぬか！」

と悲痛な顔を向けて言った。

「私めの命でご座いまするか？…」

と聞いた。

「そうだ！その方の命私の為に捨てて呉れ」

と再び言った。

「はい！元よりお屋敷に召し抱えて頂きました時よりこの命、ご主君様に捧げておりますれば、ご命令とあればこの平八郎、喜んで差し上げまする」

ときっぱりと言った。

「よう言って呉れた平八郎…貧乏くじを引いたと思って呉れても好い。諦めてその命私の為に捨てて呉れ!!…」

と言った。

「はっ!!して如何にして…」

と聞けば、

「平八郎。お主何名か連れて吉良様屋敷へ行って呉れ。赤穂の浪人共が何時何時踏み込んで来るやも知れぬ。その時は吉良様をお守りして死んでくれい…」

と叫ぶ様に言った
「は…っ…!」

「唯し前もって言い聞かせておく事がある。万一浪士共が討ち入って来たとしても、この上杉家よりは援護の士は誰一人送らぬぞ……平八郎だから言い聞かせるが、ご主君は知っての通り吉良様のご子息。赤穂の者共が乱入したとあらば必ずや助太刀に向うであろうが、そうあってはならぬのだ!!…大石の狙いは吉良様だけで無く当家も同様に考えておるのだ。そうなればこの名家上杉家十五万石が取り潰しになるのは決まっておるのだ…公儀柳沢吉保殿はそうあって欲しいのだ。謙信公よりこの名家をつねに落度がないかと目を皿の様に致しておるのだ。それゆえ浪士共が討入って来たとしても救援はださぬ。その時にはお主達を見殺しに致す。それゆえこの大役を平八郎に託すのじゃ!!…私を無情の奴と恨んで呉れてよい。平八郎この通り頼むのじゃ…」

と平八郎の前に両手を着いた。

「ご家老様!!…そのお手をあげて下されい。この平八郎君命とあらば喜んで死にまする」

「すまぬ…この大事ゆえ平八郎お主にまかせるのじゃ。吉良邸に向う人選は其方に任せる。何人でも好いぞ。連れて明日からにでも吉良邸に行って呉れ」

「はっ分りました。私の手足になる者を七、八名供に連れてまいります」

「うむ…頼むぞ!」

言って兵部は平八郎の手を握った。次の日より平八郎は同志を八名連れて吉良邸に入ったのだ。

六、江戸へ

十月中旬大石達一行は無事に鎌倉に到着した。一行の到着予定を早飛脚で連絡されていた。吉田忠左衛門、富森助右衛門、それに堀部安兵衛が出迎えた。ここに東西の同志達が合流したのである。

「大夫よくぞご無事で…」

「忠左衛門殿もご壮健のご様子でなにより」

と二人は堅く手を握り合った。忠左衛門は江戸の急進派を鎮撫するために二月に京を出立していたのだ。

「安兵衛も助右衛門もご苦労であったな…」

と二人にも労を犒った。一体何時に主君の仇をと…はなはだ心細い思いと焦燥に耐えていた江戸の同志は、此処に遂に立って動きだした内蔵助を目の当たりにして、その日が近いのを実感したのだ。

鎌倉に三日居て平間村へ移った。十一月初旬に江戸入りを果たしたのである。日本橋石町の小山屋を当座の宿としたのである。此処に復讐一途の大石は吉良上野介の首と公儀への抗議である。一方時の権力者柳沢吉保は赤穂の討入りを利用して、上杉家の断絶を目論んでいる。それを阻止して上杉家の安泰を企てる上杉江戸家老千坂兵部の三者三様の最終の争いが始まったのだ。

その頃江戸節源太とお浜は八丁堀に程近い船松町の弥八家に草鞋を脱いでいた。源太と

お浜の顔をみた弥八は満面に笑みを浮かべて、

「いや好く来て下さった。待っていましたぜ…どうなんだお浜さんの躰の方は？…もういいんですかい…」

と気遣って聞いた。

「へぇ有難うご座んす。もう大丈夫でさ…」

と挨拶すればお浜もまた、

「ご心配頂いてすみません。この人があれから直ぐに温泉場へ連れていって呉れましたので傷口はすぐに塞がりました…」

と素直に挨拶した。

「それは好かった。後は源太さんを頼りにして仲良くやんなせいよ…」

と言って笑った。

「はい有難うご座います」

と素直に言って頭を下げると、

「それにしても源太さん。その後は忍び者は襲っては来なかったのかい？…」

と聞いた。

「へぇ…影の様に何度か見掛けたが、それっきりで襲っては来ませんでした。唯江戸に出て来た以上は、今度は黙って見逃す訳がねぇとは思いますが、唯これも一緒に江戸へ出ると申しますんで、一人で置いてもおけません。その方が却って心配で一緒に出てまいりました」

「そうかいそうかい…まあ安心して呉れ。此処に居る間はお前さん方には指一本触れさせやしねえから安心して、手足を伸ばして居ておくんなせいよ…子分共にも好く見張らせるから…」

と力強く言った。

「へぇ有難うご座んす。お言葉に甘えます」

と源太もお浜も頭を下げた。

「水臭いぜ、頭をあげて呉れ…そんな事より、好かったら何日でもいいからゆっくりしていって呉れ…若い者にも好く話して警戒させるから安心していておくんなさい」

「へぇ…なにからなにまで…」

「時に赤穂の大石様が出て来なすったんだね…」

「へぇ宇都谷峠でお目に掛りましたが、一足お先に江戸へ向って頂きましたから…」

「そうですかい。お話の様子じゃ宇都谷峠でなにかあった様な事を一寸聞いたんだが…」

「へぇ一寸大石様を狙った仕掛人が一人、それがなんと私を探し歩いていた幼馴染でして。幸い其奴は金で雇われていた殺し者で…山から降りて三年もの間私を探し歩いていた奴なんで」

「へぇまたなんで源太さんを…？」

と聞いた。

「若い頃の一寸した間違いでして、一人の女の事が元でして彼が誤解をしてしまいましてね…私ととうとう決闘する様な羽目になりまして、若かったんですね…幸い私の方が腕が勝っておりましたんで、彼はそれを苦に致しまして十年の間山の中に篭り修業を積み、再度私との立合を求めて三年の間私を求めて歩き廻っていた様でした。それが吉良様の付け人から頼まれ私を探す旅費にと金で雇われた様です…大石様を付け狙った様です。それが宇都谷峠で偶然にも私とも逢い立合いとなりました。今度ばかりは私も負けるかと思う程の腕前でしたが…幸運にも彼は片腕を失っておりますので、私も辛うじて勝ちを取りました」

「そうでしたかい。そりゃ好かった…それじゃお浜さんも心配だったでしょう…」

と聞けば、

「はい！でも私は信じておりました。必ず源太さんが勝って呉れると…」

「これはおそれいりました。其処まで源太さんを信じていらっしゃりゃ大丈夫だ…」

と笑った。


その頃吉良邸内では吉良の子飼いの侍達の、清水一角等と上杉家より派遣された小林平八郎達との間にはいざこざが絶えなかった。清水に言わせれば他藩の侍に幅を利かされる事がどうにも面白くない。が小林平八郎としては一旦事があっても上杉家より援護は無い事を言い聞かされているだけに、此処が死に場所と覚悟しているだけに、吉良邸の付け人達の余りにも気楽に構えている行動が目に付き、ついつい注意を与えればそれが不満となって旧家臣を盾に取って不満をあげる始末、たえず言い争いとなる。その二派の争いを横目に笑っているのが外人部隊の混成陣である。その混成陣の中に堀田新十郎の顔があった。新十郎と赤穂まで行動を共にしていた、中谷新兵衛と山田忠左衛門も一緒であった。上杉家牧野春斉より依頼されて大石暗殺の役目を受けて向ったが失敗に終り、春斉からはお払い箱になって途中路銀に困っていた所を奥村伝兵衛から声を掛けられ、路銀稼ぎから赤穂の志士五十嵐数馬を暗殺して江戸に立戻って来たのだ。食い詰め浪人の彼等は直ぐに吉良邸の警護役に飛び付き、吉良の助け人にもぐり込んでいたのである。

七、吉良邸の茶会

十二月十三日は煤払いの日である。将軍家でも煤払いの儀を取り行い、古い年の穢れを払い新しい年を迎えるための準備で忙しい日である。諸大名、神社、仏閣、武家屋敷、街の旧家も、それぞれ旧例通りに一年の煤取りを行った。その十三日の夕刻から古い年の汚れを浄めるように雪が降りだしたのだ。雪は夜が更けるにつけて深くなり、一夜で江戸の街を銀色一色に化粧を施した。翌十四日になっても雪は降り止まず、師走の多忙の街をすっぽりと包み柔らかく埋め立てていた。その日吉良邸でお茶会があると報告を受けた。内蔵助は吉良邸の門前に同志を張り込ませて、来客の動きを見張らせたのだ。十四日を決行に日と決めた赤穂浪士は茶会が延期されぬかと心配したのだ。今日でも雪に弱い江戸（東京）である。足を頼るしかなかった時代の大雪である。交通機関の大敵である…だが見張りの同志からは今日の賓客がぞくぞくと到着の報せが這入って来た。これで確実となった。此処で内蔵助は全同志に今宵討ち入りの檄を発したのだ。十四日夕刻に至ってさしもの大雪が止んだ。雲が破れて月が出た。月光が江戸の街に降りそそいだ。同志一同は夜半かねて定められた場所に集合したのだ。夜が更けるにつけ降り積もった雪が江戸の街を凍結させて厳しい寒気で凍りつかせたかのように静寂が江戸の街を支配していた。

十二月十四日吉良邸では何時になく朝から騒がしい。当日上野介主催の年忘れの茶会が開かれる事になっており大勢の客が招かれていた。大名高家仲間、茶人文人、風雅の友と云った客人が数多く集って来ていた。釜の湯のたぎる音に心楽しい語らいであった。何時押し込んで来るやも知れぬ赤穂浪士の影に怯えて、毎日の様に重苦しく打ち沈んでいた家中の者も久しぶりに心の浮き立つ賑やかな集りであった。だが上杉家から来ている小林平八郎はこれを聞き、

「赤穂の浪人共の動きがある時ですぞ。ご自重遊ばしたほうがよろしいのではないかと存じまするが…」

と反対をとなえたが、所松左京や吉良家中の者達は、

「なにを申されるか！茶の道は今の殿に残された唯一つのお楽しみでご座るぞ…赤穂共の影にのみ怯えていて殿のお楽しみを奪う事は出来ぬ‼赤穂の痩せ浪人共がなにが恐ろしいのだ！万一推参の上には、その時にこそお手前方の出番ではご座らぬか…その時は見事に

阻んでお茶会の興を添えられては如何でご座る」

と軽くいなされてしまったのだ。

「困ったものよ、もしもこの茶会の事が赤穂の者共に漏れていれば、殿の在宅は必至として押し込んで来るやも知れぬ。呉々も警戒を厳重に致せよ…」

平八郎は付け人達を激したのだが……

上野介は朝から上機嫌であった。自ら立ち回って客を迎える為に細かい指示を与えていた。客を迎える前に再度邸内を回り、万事遺漏はないかと確めた上野介の目に、庭を警戒に当っている付け人の姿が写って、上野介は眉をひそめてすぐに清水一角を呼んだ。

「本日はお歴々や風雅のお客様が多数にお見えになる。無骨の者共が目の妨げにならぬよう邸内の隅に控えておれと申し伝えよ…」

と命じた。これには清水一角も少し不満をしめしたが、その儘中継したから付け人達は憤然となった。

「我等もとより無骨者をもって仕えたる者だが目の妨げとは聞き捨てならんな!!…」

「そうだ!!…赤穂の浪人共が推参致せば我々が矢面に立つ者であるぞ！…その矢面が目の妨げとあらば裸になって茶会など雪見などすればよいではないか!!…」

これが付け人達の士気を大きく低下させたのは否めない。小林平八郎はそれが不吉な前兆のように思えたのだ。

「中谷、山田聞いたか…我々は目障りだとよ！我々に守られている事を忘れおって、好き三昧に茶会など開きおって、客が来るから隅に引き込んでいろだとよ！勝手な事ぬかすなって言いたいよ…そうだろうお二方…」

と堀田新十郎が腹をたてて仲間の二人に声を掛けた。

「そうだとも許せんぞ！我々とて金で雇われてはいても命を張っているんだぞ!!…それを目障り呼ばわりは許せんぞ！…」

「どうだ諸君！そんな相手に遠慮などせずに目障りと言うのなら消えてやろうではないか。どうだ出掛けようではないか。毎日毎日こんな所に閉じ篭っていれば肩が張るは…どうせ今夜は来はせんよ。出掛けて酒でも呑みに行こうではないか」

新十郎の言葉に、

「おぉそうだな…そう致そう」

と三名はそっと裏門より門番に扉を開けさせ、

「直ぐに戻って来るから心配致すな」

と言って忍び出て行ってしまった。これがこの三名の悪運の強さか仇討に踏み込まれた時には女を抱いて眠っていたのである。平八郎や清水一角が後で知ったのだが後の祭りであった。赤穂の脅威は雪に隔てられて香ばしい茶の香りに消滅してしまっていたのだ。二刻（四時間）以上続いた茶会がやっとお披良喜《ひらき》になってお客が帰ったのは夜もだいぶ更けてからであった。それから後片づけして家中一同にも酒が出た。一同が就寝したのは丑の刻（午前二時）頃であった。疲労と無事に終えた気の緩みで躰が泥のようになっていた。さすがの平八郎もまさか今宵にかぎってと云う、ご都合主義な事を考えていた。毎夜の様な不寝もその夜は免除したのだ。来客の接待に疲れ切って不寝番を置く余力がなかったのである。門番のみ残して付け人全員長屋へ引き取った。唯一つの不寝番の門番も酒を出されて舟を漕いでいたのである。運命の夜はこうして更けていったのである。

八、それぞれの道

「積もったのう…」

千坂兵部は短くつぶやいた。目覚めたばかりの目を庭に向けた。前夜来の雪が一面に白い花を咲かせていた。

「昨日の夕刻より降りつづいております」

用人牧野春斉が答えた。

「そうであったの…江戸でこの雪だ。国表ではさぞや深い雪であろうの…」

兵部はふと米沢を思った。米沢の雪は生やさしい降りではない。何日も何日も降りつづき城下の機能を完全に麻痺させてしまうのだ。屋根の除雪をしないと家そのものを圧し潰される危険がある。交通を遮断され生活の必要物資は欠乏する、まさに白い悪魔である。それに比べると江戸の雪は優しい。精々降っても二日とは続かない。人は足駄を雪に取られながらも白銀の街の風情を楽しんでいる。

「今日は吉良様の茶会の日でご座いますが、この雪でいっそう興を添えられましょう…」

「おぉ…そうであったの…」

と答えて兵部はふと不安を覚えた。

「この雪で取り止めになればよいが…」

と独り言の様に言った。

「次第に小降りになっております。これでは予定通り催されるのではありませんか」

春斉は兵部の胸裡を知って答えた。大石の狙いは吉良上野介の首だけではない。幕府の政道に対する異議申し立てである。一世一代の大芝居を狙っているに違いないのだ。しかも本日は浅野内匠頭の月替りの命日でもある（私なら今夜を逃さぬが…）と兵部は心中深く言った。

「春斉!!…」

「はっ！」

「今宵深夜吉良邸より使いの者が来るやもしれぬ…」

「はっ！」

「使者がまいっても殿より前に必ず私の所に取り次ぐよう、門番始め取り次ぎの者に固く申し伝えておけ!!…」

と言った。

「承知致しました」

「それだけでは心許ない。其方すまぬが今夜は眠らずに玄関に控えて、殿へは直接言上しない様に、する者あらば必ず阻み私の許につれてまいれ!!何刻であろうとかまわぬぞ!!…」

「かしこまりました」

と春斉は頭を下げた。

それ以前この上杉邸前で、うろうろしている二人の男があった。それは笹川忠兵衛といま一人は相撲くずれの甚八であった。忠兵衛は大石の動向を探るべく京に派遣されたのだが、まんまと葵小僧新助に振り廻されて役目を失敗してとぼとぼと江戸へ立戻って来たのだが敷居が高く、ましてや既にこの報告はご家老の許に届けられている事であろうから、ぬけぬけと報告が出来る柄では無い。甚八は甚八で自分の目前で恋しいお藤と五十嵐数馬が斬り殺されるのに、なにも出来ずに唯々見送ってしまった自責の念にかられて毎夜の様に夢をみる。やっとの思いで二人の死体を近くの寺に運び込んでもらい、有り金全部を叩いて菩提を弔ってもらい、それから呑まず喰わずの道中でやっとの思いで江戸に戻って来たのだ。お藤の死の報告を春斉に報告するつもりで邸前へ来て、うろうろする忠兵衛とぶつかったのである。お互いの境遇を語り逢ったのである。とその場に牧野春斉が丁度玄関口に顔を出して二人に声を掛けたのだ。

「笹川忠兵衛ではないか!それに甚八も一緒か?…」

「あっ!これは牧野殿…この度は誠に誠にもって申し訳ない事をいたし…なんと申し上げれば好いのやら…」

と頭をかいた。

「忠兵衛殿！お主も武士ならばこの様な時、身の振り方を弁えておられよう‼…」

と言った。

「はい…」

と小さくなった。

「拙者からはそれ以上は申さぬ…ご自身で判断されるがよい！甚八。お藤はどう致した。一緒では無かったのか?…」

と話を甚八にむけた。もう忠兵衛を無視していた。

「姐御は…姐御は殺されました…」

と答えた。

「なに‼詳しく申せ！」

「へぇ…」

と甚八は涙ながらに数馬を庇っての死を語って聞かせた。

「そうか…それは気の毒であったな…だが考えようでは赤穂の浪士の使い手の一人を道連れに致したのだ。お藤の死は無駄死ではないぞ。浪士の一人を削除したのだからな…」

「へぇ?…そんなもんですかい…まあそう言って頂けりゃ姐御も浮かばれますが…」

「甚八これは些少だが、これで一杯やって疲れを癒して呉れ」

と言って金子を渡した。

「これは有難うご座います…有難うご座います…」

と何度も頭を下げていた。

この知恵者牧野春斉は手足となる女達を使ってすでに赤穂浪士の毛利小平太、小山田庄左衛門、高田郡兵衛と云う浪士の重要な使い手を艶しい女体を武器に近づけさせて、その妖艶な肉体で籠絡させて、決起から脱退させてしまっていたのである。これは春斉の影の策略であった事は誰一人として知られてはいない。高田郡兵衛などは兄嫁の仕掛けに落ちてその妖艶な肉体に溺れてしまったのだ…

その日の夕刻、船松町の弥八宅に客があった。宍倉蔵人が源太を訪ねて来て居た。

「これは蔵人さん、どうなさったので?…」

「うむ…一寸源太殿に相談したき事があってな…」

「へぇ私に…?なんでご座います。私にお役に立つ事でしたら、なんでもおっしゃっておくんなさいまし…」

「誠にすまぬ…実はな…」

　と一寸声を潜めて、

「実は今宵大石殿初めご家中の方々は吉良邸に討ち入るとの事でご座る…」

「えっ‼それじゃいよいよ…そうですかい！いよいよおやりなさいますかい…」

「そこで源太殿にお頼み申すのは、拙者と共に討ち入った後、吉良邸の助け人として、上杉家よりの応援に駆けつけるは必然でご座るなれどご無事に本懐をあげるまでは、この追撃隊を阻止致さなければならぬ。そこで源太殿のその腕を拝借頂きたいと思い罷り越した次第です」

　と打明けた。

「そうですかい。好くお話して下さった。私も大石様には恩義のある躰。どうぞお役に立つのでしたらご遠慮なく使ってやっておくんなせい」

　ときっぱりと言った。

「好く言って下された。この通りでご座る」

　と言って頭を下げるのに、

「おっと止めておくんなさいまし、蔵人さん。こんな私を頼りにして下さったんだ。この命蔵人さんにお預け致しますぜ！」

と言った。

「すまぬ…好かった。お手前が居て呉れれば百人力だ！これで敵が何人来ようとも心配ないぞ…」

と笑った。

「蔵人さん！」

「源太殿。そのお命頂戴致すぞ…」

「へぇ！唯私も唯死には致しませんぜ。その時には暴れ廻って必ずお役にたちまさ…」

と力強く言った。

「忝い源太殿!!」

と二人は手を取りあった。

源太は弥八に事情を話し、お浜の事を頼んだ。

「源太さん、俺等も一緒にお手伝いさせて呉れねぇか…」

と言う弥八に余り人数が多く目立ってはとの配慮から弥八の同行を止めた。くれぐれも後の事を頼んで二人は既に雪の積った道を本所に向ったのだ。

九、討ち入り

討ち入りは十四日寅の刻。表門には大石内蔵助を頭に二十三名、裏門には大石主税を筆頭に二十四名が、

「我等は浅野内匠頭が遺臣、吉良様の御首を申し受けたく、亡君のお怨みを散ぜんがために推参仕った!!…」

「我とおもわん者は見参!!…」

浪士達の喚声は江戸の空に響き渡った。

「とうとう来たか!!」

平八郎は咽の奥でうめくと手早く身仕度を整えた。

「出合ぇ!!…赤穂の浪人輩の推参なるぞ!!…者ども出合ぇ!!出合ぇ!!…」

と大音声で怒鳴った。ようやく長屋の付け人達も起き出した。すでに浪士達は庭内に侵入した様子であった。その気配からして五人や十人の人数ではない。少なくとも二十名以上はいると平八郎は測った。その時清水一角が走り込んで来た。

「おう小林!」

「とうとう来たな…」

二人は顔を見合せた。

「清水。お主は殿の側にすぐに行って呉れ」

「おぉ…後は貴殿にまかせるぞ」

言って一角は奥へと走った。そうこうする間に庭内に戦闘の気配が高まった。長屋から飛び出した付け人達と浪士達の間にすでに斬り合いが始まっている。

「まずい出るな‼みだりに出てはならぬぞ！一同押し固って母屋へ行くのだ。勝手な行動をしてはならぬぞ」

と平八郎は叫んだ。

「我等は旧赤穂藩浅野内匠頭の旧臣共にご座る。本日亡君の意趣を散ぜんがために吉良殿お屋敷に推参仕った。決してご近所にご迷惑はかけ申さぬ。武士は相身互いにご座れば、なにとぞお構いなく、亡君の仇をお討たせくださるようお願い申し上げまする」

と原惣右衛門と小野寺十内の二人が隣邸旗本土屋主税（源太郎の兄）、松平兵部太輔邸に朗々と挨拶を送った。と直ぐに両邸から高張り提灯の列が連ねられたのである。これは無言の声援と感じられた。

吉良上野介も尋常ならぬ気配に逸早く目覚めていた。

「た、誰かあるか‼」

と叫んだつもりが歯の根が合わず言葉にならない。その時所松左京が駈け込んで来た。

「殿！唯今赤穂の浪人共が推参なし狼藉を働いております‼…」

左京もよほど動転していたとみえて許しも乞わずに主人の寝室に駈け込んだが、上野介もその無礼を咎めなかった。

「す、すぐに上杉綱憲殿に人を送り救援を頼みなさい‼」

と叫んだ。危急の際に頼って行く所は我が子の綱憲しかない。其処へ清水一角が数名をつれて姿を見せた。

「殿！唯今浅野の浪人共が押し込んでまいりました。我等応戦中でご座いますが、我等が控えておりますればなにとぞお心安らかに…ご安心下さいませ」

の頼もしい声に上野介はホッと一息つき、

「して敵の数は？…」と聞いた。

「精々三十名そこそこかと…当邸には百名を越える屈強な人数が控えおりますれば、ご安堵召されよ…」

と答えた。

「三十名か！瘦せ浪人共恐るるに足らぬな…間もなく邸の者共が蹴散らしてくれよう…」

と自分に言い聞かせる様に上野介は言った。その時小林平八郎が数名の付け人を連れてやって来た。

「おぉ平八郎か、よくまいってくれた。邸の様子はどうじゃ…」

と聞いた。

「敵もなかなか手強うご座います。間もなく敵は屋内に押し入ってまいります」

「此処へ来るか？…」

「ご案じ下さいますな。たとえ邸の内部は幾重にも頑丈な戸によって仕切ってありますれば容易に押し進めぬようになっております。敵はこの場におわせば屈強の付け人も多数控えておりますれば、滅多な事では近づけさせませぬ…」

平八郎の言葉に落ち着きを取り戻した吉良方は、上杉家への救軍要請を考えた。家中の者が邸を脱出して上杉家へ急を知らせに駆けつけるかとまた話題になった。

「使者を送る事はなりませぬ!!…」

平八郎は阻んだ。

「なに故に？……」

家老達は気色ばんだ。

「考えてもごうろじよ。もし上杉家から援軍が来たならば、上杉と浅野の対決になり申す。それこそ大石の思う壺ではご座らぬか！大石の魂胆は上杉家との無理心中でご座るぞ。さような事のないようにと我等が控えておるのでご座る」

「では上杉家は我等を見殺しにすると言うのか…」

家老達は血相を変えた。

「見殺しになどしておりません。それが為に我等が上杉家より出張って殿を守護し奉ってご座る。我等命にかえても殿をお護り仕る」

「もうよいわ！わしとても綱憲殿に迷惑をかけとうはない」

上野介は苦り切って彼等の論争を打ち切らせた。上杉家が出て来れば巻き添えを食うは必至である。断絶した元大名の遺臣と大名の家中が将軍の膝元で衝突すれば現役の大名は無傷ではいられない。それに対して遺臣達には失うものはなにもないのだ。朝まで持ち堪えれば公儀が乗り出してこようが…だが危急存亡の時に我が子に救いを求められないのが辛く悲しかったのだ。ともあれ上杉家の援軍要請は平八郎によって阻まれた。その間にも戦闘は続いていた。

その頃表門近くで宍倉蔵人と江戸節源太の二人は邸内の様子に聞耳をたてていた。浪士達の本懐を今か今かと待ち侘びていた。同時に二人の眼はたえず何時駆けつけて来るやも知れぬ吉良方の助っ人、上杉家からは必ず来るであろう応援隊の様子を今は遅しと神経を尖らしていた。その上杉家の桜田本邸へ赤穂浪士討ち入りの報は、吉良邸近くの出入り業者によって報告されたのだ。注進を取り次がれた千坂兵部は、

「して押し入って来た人数は？……」

と尋ねた。

「はっ！四十から五十名の間でご座います！…」

と答えた。

「殿にはすでに言上したのか⁉…」

と聞いた。

「まだでご座います」

の答えに、

「殿には私から直々に言上仕る」

「承知仕りました…」

兵部は早速綱憲の許へ主君の実父の危急を知らせぬ訳にはいかぬ。また他の者から綱憲の耳に達したら取り返しのつかぬ事態となる。宿直の者から取り次がれた綱憲は寝間で兵部と逢った。

「兵部何事じゃ!…」

綱憲は時ならぬ家老の面が緊張しているのに言った。

「殿!唯今吉良様お邸に赤穂の浪士が推参致しました。狼藉を働きおる由にご座ります」

「な…なんと?!!…」

綱憲の表情が変った。

「して父上の安否はどうした!!…父上はご無事であるのか?!!…」

と聞く。

「分りませぬ。されど吉良様のお身まわりに小林平八郎他数名なる屈強の者を付けておりますれば、むざむざとは浪人共の手にはかからぬと思いまする」

と答えた。

「家中の者共を至急に集めよ。直ちに吉良邸に差し向けよ!!余も直ぐにまいる!!」

綱憲は血相を変えて立ち上がった。親想いの彼にしてみれば居ても立ってもいられぬ思いであった。

「殿!!あいやしばらく!!」

兵部は綱憲の顔に眼を据えて言った。

「何を待てと申すのじゃ?…」

「赤穂の浪人共の人数は二百人を超えるとの報告でご座います。当藩邸の人数を掻き集めても精々三、四十名でご座います。かような小勢をもって立ち向かい、万が一にも後れを取るような事がご座いますれば藩祖公以来武勇の家門の名折れ。公儀よりいかなるお咎めをこうむるやも測り知れません!!」

「えぇい!!なにを悠長な事を申しておる。敵勢が二百名とあらばなおさらの事、三十名でも四十名でも手勢を引き連れて、父上の危難を救わねばならぬ!!槍をもて…馬を引けい!!…何をぐずぐず致しておるのだ」

と苛立った。

「なりませぬ!!…」

兵部は綱憲の前に両手を広げてすくっと立った。

「なに!!…主人に対して家来の分際で無礼であろう!!…」

と叫んだ。

「無礼は重々承知の上でご座ります。殿はこの上杉家を浅野の二の舞を演じさせるご存念でご座るか?!!」

とどなった。

「浅野の二の舞じゃと?…」

「いかにも浅野内匠頭様は殿中を憚らず自らの不調法をもって処断されたものにござる。それを怨んでの旧臣共が吉良邸へ押し入っての狼藉は、法において許されざる逆怨みの騒動でご座います。此処で上杉家の手勢が繰り出せば、食いつめ浪人共と騒動に及べば公儀に口実を与えるは必定、なにとぞこの儀なにとぞご賢察遊ばされますように…」

と毅然と言った。

「其方は父上を見殺しに致せよと申すのか!!」

「お家の事をお考えください…」

「吉良殿は余にとっては父上だぞ!!その父上である肉親の危難を救うための手勢を繰り出し狼藉共を討ったとて、なんの咎められるというのだ!!忠孝を励むべし。唯手を束ねて傍観しておればかえって上杉臆したと家名を辱め、いかなるお咎めを受けるやも知れぬぞ」

「孝の前に忠でご座います！公儀お膝元をも憚らざる騒動はお上に対して異心を含みまかりおるものと取られまするぞ!!殿…我が上杉家は関ヶ原役より公儀の逆鱗に触れ、百二十万石より十五万石に減封され、辛うじて生き永らえている家柄でご座りまするぞ…これ以上お家の危機を冒す事は出来申さぬ！たっての仰せならばこの兵部を斬ってからお行きなさいませ!!…」

兵部は一身をかけた。最悪の場合は綱憲を斬って返す一刀で自らも腹を切るつもりであった。上杉家は綱憲一人の物ではない。上杉謙信公以来の名家である。その藩士およびその家族達の生活を外部から来た養子の藩主の〝親孝行〟の為に失ってはならぬのだ。主家の危機を救わねばならぬ。主君を斬ってでも主家を救うのだ。これが兵部に課せられた役目でもあった。それが彼の忠義である。綱憲とて家の大事は理屈ではわかっていても親を見殺しにしなければならぬ心情は切ない。綱憲ははらはらと涙を流した
「父上！…お許し下さい!!」

心を引き裂かれるような姿に兵部はじっと見つめて、

「殿！お許しあれ…」

と主君に詫びた。この危機を乗り越えた後は、兵部はもはや綱憲の信任を得られぬ事を知っていた。だが彼は今上杉家を守るため当主に叛いたのである。

「其方!!目通りかなわぬ…さがれ!!…」

綱憲は涙を拭って言った。当面のお家の危機は回避されたが同時に家老職としての生命は終ったのである。

その頃吉良邸内では呼び子が鳴った。全員が駆けて行く様子が門外の源太と蔵人にも知れた。それから間もなく〝勝鬨〟の大声があがった。

「蔵人さん!!」

源太の声に

「おぉ正しく本懐をあげられた様だ!…」

「好かった好かった…永い間のご苦労がむくわれましたな…」

「いかにも!…」

二人は顔を見合せて、にっこりと笑った。浪士達の勝鬨の声は夜が明けかかった寅の下刻（午前六時）であった。

十、雪上の死闘

この死闘で小林平八郎も清水一角も死んだ。吉良方の付け人達も上野介を守ってそれぞれが必死に闘って死んでいった。目指す敵の上野介を討ち取った浪士一党は直ちに引き揚げに掛った。堀部安兵衛によって点呼が行われて軽傷者数名のみで全員が無事と確認された。一党は手分けして邸内を巡検し、火鉢に水を差し蝋燭を撤収した。その間に原惣右衛門、小野寺十内、片岡源五右衛門の三名は、

「我等首尾よく吉良上野介様の御首級を挙げこれより退散仕る。夜中を憚らず騒動仕り、ご迷惑をお掛け致しましたること深くお詫び申し上げると共に、武士の情けのご配慮を賜りましたる事、我等一党恐縮千万に存じ奉ります。失礼を承知の塀越しのご挨拶をお許し下さいますよう…」

と隣家に礼を述べた。

「いざ引き揚げ！」

内蔵助の声に一党隊伍を整えて門から出て来た。夜を徹して警護に当っていた蔵人と源太が直ぐに駆け寄った。

「ご本懐お目出とうご座います」

と二人は口々に祝辞を述べた。

「警護ご苦労でご座った。これより品川泉岳寺に罷り越す。宍倉殿には叔父上に本懐を遂げましたる事をよしなに報告下され、ご主君に首級を揚げたるご報告申し上げて下され。源太殿には大変お世話になりもうした。これにて失礼申し上げる」

と二人に黙礼して先に立って歩きだした。一党は両国橋から本通りを避けて、隅田川の東岸を南に下り、永代橋を渡り霊岸島、鉄砲洲の浅野旧邸前を通り、汐留橋、金杉橋芝口を経由で泉岳寺へ向った。一党が行進を始めると赤穂浪士の討ち入りの報は、江戸の街を旋風のように駆け抜け、その引き揚げの姿を一目見ようとして群衆が我も我もと引き揚げ経路へ押し出して来た。群衆の中に葵小僧新助の顔があった。隊列の前を歩く大石の眼が新助の顔を捉えたのだ。

「ようよう…好くやんなすった！…」

と大声で絶讃していた新助が大石の眼とぶつかった。撞木町での出来事が二人の脳裡を掠めた。奪われた連判状を黙って取戻し、顔合せのみやげと告げてそっと戻して呉れた上に、名を偽って江戸への旅立ちに代役まで引き受け敵の目を晦まして呉れた恩人でもある。

大石は黙って軽く頭を下げて黙礼した。二人の顔に笑みが浮かんでいた。隊列は止まる事なく進んでいるのを見送って、

「ようよう日本一!!…」

と新助は大きく叫んだ。浪士達の身寄りや知り合いなどもいて口々に祝辞を述べる。永代橋にかかった頃には夜は完全に明け渡り、朝日が射しかけてきた。その一党の列を曖昧宿の二階から見送ったのは誰あろう堀田新十郎達であった。

「中谷、田中！彼等昨夜討ち入った様だぞ！その上本懐をとげた様だ…我々の首は幸いにして皮一枚で残ったのは悪運かな…これで我等飯の食い上げになったぞ…」

とにが笑った。

「まあいいじゃねえか。命あっての物種だ」

「そうだそうだ！飯の方は如何様にもなるさ…いざとなったら押し込みでもなんでもやってやるさ！…」

と新十郎達は嘲け笑って、一行を見送っていた。その軒下には相撲くずれの甚八と丸坊主になった笹川忠兵衛の顔もあった。

吉良邸前では浪士一同を見送った蔵人と源太は、

「蔵人さんはこれでお国へ帰られますな…」

「そうよな…この事を一時も早くご主君に報告致さねばならぬからな…源太殿にも大変にご苦労をお掛け致したな」

「なにをおっしゃいます…私なんぞはなんのお役にもたたねぇで…それよりこれからの道中気をつけておくんなさいまし…」

　と頭を下げた。

「有難う…それではこれでお別れと致そうか」

「へぇそれじゃご無事で」

「お浜殿によしなにな…」

　と言って笑った。

「へぇ有難うご座んす。私等も何処その空で細々とこれから生きて行きまさ…」

「うむ…ではご壮健でな…」

　と頭を下げた。

「へぇ蔵人さんも…おなごりおしいが…」

　と今二人は左右に別れ様としたその時だった。

二十名近い黒の集団が駆けつけて来るや、

「おそかったか‼…」

と口にした。が次の瞬間二人の姿を見ると、さあっと二人を取り囲んだ。

「なんでぇなんでぇ手前達は‼」

の源太の声に一人が前に出て来た黒装束の男が、

「貴奴が江戸節源太か‼…」

と怒鳴った。

「いかにもよ。その源太だったらどうだと言うんでぇ！」

と答えれば、

「やはり貴奴が源太か‼許せぬぞ‼貴奴の為に我等が企てを好くも打ち砕いて呉れたな…その上お浜迄をも誑《たぶ》かしおって許せん‼その方の命この霞の十藏貰受ける‼…」

「勝手な事をほざくな！手前達の悪業を棚にあげやがって…手前達は公儀の廻し者か‼」

「そのお役目も唯今かぎりで解任されたは！すべてが己が為だ‼甲賀忍者の面目に掛けても貴奴の命、血祭にして呉れるは‼…」

「そうかな…何時かはお前さんとは決着を着けなけりゃならねぇと思っていたんだ！さあ

きやがれ…」

　と源太は三尺を抜いた。

「おぉ知れた事よ！行くぞ」

　と二人は同時に刀を抜いた。同時に黒い集団は一斉に剣を抜き放った。それを見た蔵人は、

「源太さん助太刀するぞ！」

　言って大刀を抜きはなった。

「蔵人さんは一刻も早く国へ帰らなけりゃ」

「なに…これもなにかの縁と云う物だ。それに赤穂の方々の暴れ方を唯々見ておった我等だ。ここいらで大暴れするのも一興ではないかな源太殿…」

　とにやりと笑った。

「そうですかい。有難うご座んす。それじゃその腕お借り致しますぜ」

　言って笑った。

「それじゃ行きますぜ!!…」

　源太の声に、

「おぉ!!…」

と二人は黒い集団の中にと斬り込んで行った。雪上の事とて忍者達に取っては大技は出来ぬ。飛んだり跳ねたりすれば雪に足を取られるから無理は出来ぬ。忍者達に取ってはこれは不利である。正面切って戦っては蔵人と源太の前には相手ではなかった。忽ち三名が蔵人の剣の前に血潮をあげて倒れ込んでいた。唯彼等は数で押しつづんで来る。二人の剣は右に左にと黒い影を斬り倒して行くが、黒の集団は数を頼みに次から次へと襲って来る。蔵人も源太も縦横無尽に暴れ廻っていた。だがさすがに数を頼みの集団にやや持て余しぎみであった。その時だった。黒い集団の輪が突然に乱れだした。後方から一人の男が飛出して来て集団を蹴散らしながら、

「源太郎！助太刀するぞ!!…」

と声を掛けて切り込んで来た人物があった。片手浪人丹下隼人であった。忍者集団はまたまた凄腕を迎えて乱れだした。黒い集団は一人また一人と雪上に倒れ込んでいった。戦況をみつめていた頭領の霞の十藏は源太の前に仁王立ちになって叫んだ。

「源太！相手せい!!」

「おぉ…」

源太も答えて十藏と相対した。二人の剣が火花を散らした。鍔迫合の後二人は大きく後

方に飛んだ。十藏は大上段に構えた瞬間源太の剣は顔の面前に水平に構えられた。その剣はやがて静かに段々と下方に降ろされていった。十藏はこの誘いに釣られた様に大きく踏み込んで大上段から斬り降ろしたが、その剣を跳ねあげて横一文字に斬り込んだ。ガクと大きな手応を感じると同時に返す力で真向上段から大きく斬り降ろした。其処に倒れ込んだのは片手の黒装束〝風の音七〟の最期の姿であった。彼は十藏が源太の誘いに乗ったのを横合から知って、自らの命を二人の中間に躰を飛込ませると同時に、片手で十藏の躰を後方へ押し倒したのだ。源太の剣を我が身に受けていた。頭領の十藏の身代りになったのだ。後方に押し倒された十藏は結果を知ると、

「破れたり！源太我等の負けじゃ…」

と口にした時であった。その場に船松町の弥八がお浜共々子分を十名近く連れて走り込んで来た。

「源太さん大丈夫かい助太刀するぜ‼…」

と叫んだ。その声に、

「勝負は終った…」

と源太は言った。お浜の顔をみた十藏は、

「お浜!!…」

と声を掛けた。

「お頭…」

と目と目を合せた。

「お浜…我等甲賀忍者は源太に破れた！最後に言い渡す。お浜お前は私の本当の子ではない。お前は捨て子じゃ…その時にお前の側に一緒に置かれてあった品がこれじゃ（と一振りの刀）だからお前は本当の甲賀忍び衆の血筋では無い…無いのじゃ！後は好きな男と仲好くやって行け…」

と一振り刀をその場に置くと立ちあがって、

「さらばじゃ！」

と言うや後方に駆け出すと同時に大爆音と同時に自ら自爆して消えた。忍者としての最期を心得ていた。忍者達は死ぬ時は己の顔を自らの手で消してしまうのだ。十藏は爆薬で己の身を粉々にしての最期であった。

「終ったのう源太殿！」

と隼人も蔵人も歩みよった。

「源太殿。これで凡てが終ったの…お浜殿と末永く仲好くな…拙者はこの足で国元へ立ち帰る」

　蔵人は言ってにっこり笑うて旅立っていった。

「お達者で！…」

　と蔵人は源太とお浜の声を背中に受けて立去っていった。

「隼人。有難う助かったぞ…お主はこれからどうするんだ…」

　隼人に聞いた。

「私か…私はこの剣で人の役に立つような事でも考えるさ…街の連中の為に喧嘩仲裁家でもやるか…喧嘩家稼業も悪くなないぞハハハハ…」

　と笑った。

「お主も壮健でな…」

「ああ…源太郎も達者に生きろ…ではこれで別れるぞ！」

　言って隼人は背を向けると後ろも振り返らずに歩き出していた。

「隼人もな…」

　見送った源太とお浜に、

「源太さんこれからお浜さんの親元を捜さなけりゃならねぇね…その刀の紋所を調べて」

と弥八が横から言った。

「いぇ私は源太さんが一緒ですから、親元などどうでもいい事です…」

とお浜はきっぱりと言った。

「いやおそれいったぜ…それでいいんですね…お二人さんが仲好く生きて行けばそれが一番かも知れねぇ…これは俺等の御節介でしたぜ…」

と言って弥八は笑ったついでに空を見上げ、

「今日は日本晴れですぜ…」

と源太お浜に言った。

「本当にいい天気だ！赤穂の人達も晴れて本懐をなすって日本晴でしょう…」

と大空を仰いだ。

「源太さん俺達も早え所帰って祝盃をあげましょうや」

と弥八は笑って言った。

「さあ皆引きあげだ…」

弥八を先頭に子分一同は雪上の路を辿った。

「お浜親御を捜さなくてもいいのか?…」

「えぇいいんです。私は貴男がいれば後はなにもいりません!」ときっぱり言った。

「分った!じゃ帰ろうか…」

うながした。

「はい!」

と答えた。二人は弥八達の後を追って雪上の路を踏み出した。


―完結―

お詫びの事

後半部分において崇拝する森村誠一先生の忠臣蔵の一部を参考にさせて頂きました事をご報告とお詫びを申し上げます。同じ題材でどうしても必要部分でしたので…お許し下さい

都村光男

元禄忠臣蔵　別章　武士道の掟（矢頭右衛門七の巻）

武士道の掟

忠臣蔵の討入りは歴史上有名な話である。だがこの忠臣達の間にも苦労を重ねて浪士達と行動を共にした者もいれば、途中で脱落者が何人かでた。矢頭長助は二十石五人扶持の軽輩であったが義心が篤く、盟約に加わっていたのだが、城開城後病いに掛り死期を感じた長助は、枕元に一子右衛門七《えもしち》を呼んで、

「もはや父はご一党と行を共にすることが出来ぬ。気持はあれど足腰が立たず残念じゃ。其方父の志を継いで、ご一党とともに吉良邸に見参し、天晴れ父の分まで働きをして呉れ。頼むぞ!!」

と言い残して死んだ。円山会議に父の代理として出席し、父長助の死を報告して一党の仲間として参加させて呉れる様頼み込んだ。その時矢頭右衛門七は十七才の若者であったが、その志の深さに感じいった内蔵助はこれを許した。子息主税も同じ最年少者であった。父を葬って右衛門七は、母親と三人の幼い妹達を連れて、大阪から江戸に向ったのである。元禄十五年の初夏の頃であった。遠州荒井の関所に来て「女証文」を持参していない母親と妹達の通行が許されなかったのだ。若さ故に女性専用の道中手形が必要である事を知ら

なかったのである。

「私達にかまわず其方一人で江戸に行きなさい」

と言う母は、乏しい路銀を右衛門七に手渡したが、心細そうに寄り添う妹達を其場に残す事が出来ずに迷う右衛門七は、大阪に引き返す事を言ったが、

「一挙に遅れる様な事になったらどうするのです。亡き父に申し開きが立ちませんよ。私達の事は構わず江戸に行きなさい」

と母親が叱ったが、

「母上と妹達を残しては行けませぬ!!…」

と右衛門七は断固主張して譲らなかった。幸か不幸か看病疲れも重なって母親が、その時よろめいて倒れる騒ぎとなった。看病疲れと無理を重ねた長旅で躰が弱っていたのだ。旅籠に二日程休養を取り、右衛門七は母親を背負って大阪まで引き返したのである。この為十日ばかりの日を失ってしまったのだ。親戚に母親と妹達を預けて再び江戸に向ったのだが…道中途中で旅費を使いはたしてしまったのだ。無謀ながら右衛門七は水を呑んで旅を続けていたが三日目ともなると空腹に、急に全身から力が抜け油汗を流し、目の前が暗くなってその場に倒れ込んだ。

「おい‼しっかり致せ‼…」

と呼び掛ける声に目を開けると杉木立の下に寝かされていた。覗き込んでいる一人の浪人が、

「気がついたか…いきなり倒れたので、びっくり致したぞ…」

とその浪人はホッとした様に笑った。その浪人が此処まで運んで呉れた様であった。

「お見苦しいところをお目にかけました」

と右衛門七は頭を下げて、空元気を出して立ち上がろうとしたが、足許がよろめいた。

「無理をなさるな。少し休んでいったほうが好い…」

と浪人は勧めた。

「お主、どこか躰の具合が悪いのではないか、顔の色が悪いが?…」

と右衛門七の顔を覗いた。浪人の優しげな問いに、ふと弱気になった右衛門七は、旅の途中で路銀が尽きてこの三日も食していない事を告げた。

「お主、文無しでこれから何処まで行こうと言うのだ」

と浪人は呆れた表情であった。

「武士にもあるまじき見苦しい為体《ていたらく》をお見せ致し、面目次第もご座いません」

と頭を下げた。

「武士の面目だけでは旅は出来ぬぞ…これから何処まで行かれるのだ」

と聞いた。

「はい江戸まで」

「江戸迄はまだ永い旅ではないか」

「水を呑み、這ってでもまいらねばなりません。ご造作をおかけしました」

と礼を言って歩き掛けると、

「まあ…待たれよ。此処で出合うたのもなにかの縁だ。拙者も十分の持ち合わせがあるわけではないが…一緒にまいられよ」

と言って先に立って街中に這入り、食事所へ這入って飯を頼むと、

「遠慮なく食べて呉れ。拙者は一刻ばかりこれから用足をして来るから、此処で待っていた呉れ。必ず戻る…そうだお主が心配するといかんから、この財布を置いて行く。充分とは言えぬが此処の食事代ぐらいは這入っておる。心配せず遠慮なしに食事を取って呉れ。その間に拙者用件を果たして来る。待っていて呉れ」

と言って財布を置いて出て行った。

この男、街に出ると町人に、

「この辺に剣術道場は無いか?……」

と尋ね、町人の指図に従って街外れにある道場前に来ると、大声で案内を請うた。道場の弟子の一人が顔を出すと、

「拙者、剣の修業を致しております者です。内堀先生のご尊名をお聞き致し一手ご教授頂きたく参上致しました。よしなにお取り次ぎ頂きたい」

と言った。

直ぐに男は道場に案内された。上座に総髪のこの家の主、内堀五郎右衛門が控え、道場の左右に三十名ばかりの弟子達が並んで座っていた。

「拙者元上杉藩浪人、金井十郎太と申す。剣の修業に旅立ち早三年、未だ道を治める事が出来もうせん。ご高名高き内堀先生に一手ご教授頂きたく参上致しました。何卒一手お手合せ頂きたく願い上げます」

と大声で言った。

「では、まず私の高弟と立ち合いなさい。望月!お主お相手をして上げなさい」

と言われた望月と云う武士は、道場内に足を踏み出し、

「拙者、望月弥五郎と申す。お相手つかまつる」

と言って木刀を構えた。十郎太も木刀を一本借りて道場へ。二人は軽く頭を下げて別れると望月弥五郎は青眼に構えたが、金井十郎太は両手をだらりと下げて構えもしない。

〝なに？…〟と弥五郎は思うと同時に怒りが湧いて来た。人を食っている。剣も構えず唯呆然とその場に立って居る相手に怒り心頭に達し、脱兎の如く十郎太に打ち込んで行った。弟子は一斉にどうなったかと結果をみつめたが、一同の眼に道場右側から走った望月の躰が左側面の道場板張りにぶち当って気絶していた。どう動いたのか？十郎太は道場中央にだらりと両手を下ろして立っていた。これを見た内堀は、

「次ぃ‼」

と叫ぶと身の丈六尺髭面の大男が飛出して来るや、

「青堀仙三郎」

と名を告げるや、さあーっと構えたが十郎太は最前通り中央に立った儘である。青堀は睨み続けたが、先程の結果の余りにも見事な太刀捌きに迂闊に踏み込めず、唯大声で掛声をかけるだけだが、十郎太は動かず唯だらりと両手を下ろした儘であった。とその時仙三郎は隙を見い出したのか、大上段に構えた剣を十郎太に振り下ろしたが、その剣は跳ね飛

ばされて、胴をしたたかに打ち込まれて、どっと倒れ込んでいた。まさに一瞬の出来事であった。腕の相違が歴然であった。弟子達が倒れた仙三郎の躰を片付けた時、

「次ぃ!!」

と内堀が叫んだが、弟子達は誰一人として立ち上がって来なかった。それを見て十郎太は、

「内堀先生、ぜひとも一手お手合せをお願い致す」

と静かに言った。

「うむ…」

と唸った内堀は、すでに自分の腕より数段上と思ったが、道場主である、挑まれて逃げ出す訳にもいかず、

「あい分った。一手ご教授致そう」

と言いながら重い足を引きずる様に道場内へ出て来た。勝敗は歴然としている。勝目が無いと内堀はそれでも冷静を装うて剣を構えた。これで道場は明け渡しかと心の内で囁きながら相手を睨み付けたが、相手には寸分の隙もみえない。弟子達の手前恥ずかしい惨めな負けかたを見せたくないと、必死の形相の内堀五郎衛門が、最後の踏ん張りに、

「うお!!…」

と叫んで大上段に構えたその時だ。十郎太が一歩後にさがると、

「参りました!!…拙者如きは内堀先生の足元にも及びません」

と膝を着いて一礼した。瞬間内堀は呆然として躰の力が抜けた様になったが、それでも内堀は弟子達の手前踏み止まって、

「いやいや…お手前もたいした腕前、感服致した。これもなにかのご縁、金井氏の修業のお話などぜひともお聞かせ頂きたい。まずは奥にて一献差上げたい」

と言った。

「はっ有難きお言葉。先生に私の修業話などとはおこがましい事です。唯一献頂戴出来ますのならば有難く、お言葉に甘えます」

と言って二人は奥座敷に移った。部屋に入るや内堀は頭を下げて、

「金井殿、先程は拙者に華を持たせてくだされて忝い。これは些少ながら酒代の足にでも…」

と紙包みを差出した。

「いやこれは忝い。拙者この所手許不如意でご座れば、遠慮なく頂戴致す。供の者を一人待たせておりますれば、これにて失礼をさせて頂く」

と言った。

「さようか…それならばこれにて…」

「失礼致した」

と十郎太は表に出ると、先程のめし屋に戻って来ると、

「いや、待たせたな…親父拙者に酒を呉れ！（と頼んで）時にお主食事を取られたかな」

と聞いた。

「はい遠慮なくお言葉に甘えて頂戴致しました」

と矢頭右衛門七は深々と頭を下げた。

「そうか、それは好かった…親父！それから握り飯を作って呉れ。この人の弁当をな…」

「いえ、先程お言葉に甘え充分に頂戴致しました。その上に弁当などと…」

「なにを申される。これから先まだまだ長い道中でご座るよ遠慮はいらん…苦しい時は相身互いでご座る…」

「有難くお言葉に甘えまする。これは先程お預かり致した財布です」と右衛門七が差出せば、

「ああ確かに」

と受取ると、先程の紙包を開けて、

「うん…内堀先生奮発したな…此処に五両程ある。これを二つに割ってお主は三両持って行かれよ。後の二両は拙者の旅費に致す。さあ受取って呉れ」

　と差し出した。

「飛んでもない事です。まだお名前もお聞き致しておらぬお方に、お食事代を恵んで頂き、ただ恐縮して致しております。その上にこの様な路銀までは頂戴致しかねまする…」

　と右衛門七が辞退すれば、

「まあ好いではないか。武士は相身たがいでご座るよ…それにこの金は決して怪しい金ではない、一寸と一汗掻いた金ですから、安心して下さい」

　と笑った。押し頂き、

「ではせめてお名前なりともお聞かせ下さい」

　と言えば、

「名乗る程の者ではご座らぬよ。ご縁があれば江戸の何処かで又お会い出来るやも知れぬ…道中気をつけて行かれるがよい…さあ丁度弁当も出来た様だ。お持ち下さい」

　と親父が差出す弁当を受取って右衛門七に手渡すと、

「拙者は此処で一杯やってから出掛けますからどうぞお先に行かれよ」

と言って親父が持って来た酒を呑みだした。

「このご恩終世忘れは致しません。ご好意忝く頂戴して行きます」

と右衛門七は押し頂き江戸に向って旅立った。それを見送った金井十郎太は、

「まだ若者なのに、江戸に何用があっての旅か？……」

と口にして盃をあけた。

この二人は運命の糸の様に敵と味方に別れて争う運命が待っていようとは神のみぞしる事であった。

金井十郎太は元上杉家の家臣であったが、重役職の息子の権力を嵩にかかった態度にぶつかって問題を起して、解任されて藩を追われて浪人となったのだ。京都の親戚を頼って厄介になっていたところへ、江戸家老千坂兵部より急飛脚がとどき、江戸藩邸へ呼出を受けての旅の途中で右衛門七と逢ったのである。江戸藩邸に向うと、千坂より復職を許されて江戸詰めを許されたのも、剣友小林平八郎の口添えがあったからであるが、千坂兵部は小林平八郎同様吉良邸の付け人としての役目を考えての復職であったのだ。

上杉邸は藩主上杉綱憲は吉良上野介の実子である。縁があって上杉邸へ婿養子に入ったのだ。赤穂浪士が吉良邸に討入れば必ずや援助の手を出すであろう。さすれば柳沢吉保は

この上杉家の断絶を計るのは目に見えている。これはどの様な事があっても阻止せねば上杉十五万石の家来達が飢えに苦しむ事になる。家老職としてこれは断じて止めねばならぬ。と云って実親を見殺しにはできず、必ずや援助の手を差向けずにはいられぬだろう…千坂兵部の心中は只物ではなかったのだ。死を決して綱憲公を止めねばならぬ。その時は己の死であった。だがこの儘黙って見過ごす訳にもいかず、腹心小林平八郎を呼び、心中を打明け〝上杉家の為死んで呉れ〟と説得させて、付け人として平八郎他数名を吉良邸に送ったのである。新規採用の金井十郎太もその内の一人であった。十郎太の復職は死への旅路への選出でもあったのだ。

元禄十五年十二月十四日赤穂浪士四十七名が本所松坂町吉良邸に討入った。浪士の一人矢頭右衛門七は表門隊に属し、早水藤左衛門、神崎与五郎の弓隊の補佐をして働いていた。二人の働きは目ざましく、母屋へ長屋から駆けつけようとする付け人達を、びしびしと射すくめていた。付け人達は母屋に近づけずにいた。

「屋外の敵に構うな、母屋へ急げ」

と付け人の中に適切な指示をする者がいた。神崎、早水が彼を狙って矢を射ったが、刀でことごとくはらいのけてしまった。彼は寝起き姿の付け人の多い中で、身支度を施していた。右衛門七は雪明かりの光で阿修羅の如く立ちはだかる付け人の面を見て愕然とした。

「ご貴殿は?‼…」

「あっ‼…貴公はあの時の…」

江戸への途中路銀を貰い果たして餓えのため倒れた所を救ってくれたあの時の浪人の顔を見出したのだ。

「そこもとは赤穂の方だったのか…」

「はい‼矢頭右衛門七と申します」

と答えた。

「拙者は元上杉家家中、金井十郎太と申す。お相手致す」

と言って剣を構えた。

「いぇ…私には…」

と右衛門七は迷った。なみなみならぬ恩義を受けた人に刃を向けられぬ複雑な気持が渦巻いていた。と……

「何を申される。これもなにかの因縁でご座るよ。討つも討たるるも武士の習いでご座るぞ…いざ存分にまいられい‼」

と余裕のある声高で言った。彼は上杉家と名乗ったのは、上杉家中として死にたいと云う意識があったからだ。

「右衛門七、お主の存じ寄りの者か」

と神崎与五郎が片わらから聞いた。

「はい！江戸に出る途中でご厄介を頂きましたお方です…」

「そうか!!…だがこれも運命だ！敵と味方に別れた以上は、お相手を願わねばならぬぞ…」

「はい…ですが…」

と躊躇う右衛門七に、

「矢頭殿遠慮は無用ですぞ、さあ来られい」

「は、はいお相手致します」

と右衛門七は槍を構えたが、尚も躊躇う姿に神崎が、

「右衛門七、お主の気持は好く分るが、これが武士道の掟だ。時には己をも捨てねばならぬ時がある…だが今のお前には無理かも知れぬ…右衛門七は控えておれ。拙者と早水で相手する！早水!!相手は相当の使い手だ。油断致すな」

「おお!!」

と早水藤左衛門も太刀を構えたが、だが相手は一段も二段も上であった。神崎が烈しく打ち込む、横から早水も打ち込んで行くが二人掛りでも、逆に刀身が鎖帷子《かたびら》を何度も斬り裂かれていた。

「早水！大丈夫か‼」

神崎が声をかける。

「大事ない」

と叫んだ時だ、拝み討ちの一撃を躱したはずみに、早水が雪に体勢を崩して倒れ込んだ。その上に必殺の一撃が振り下ろされた。その時だった。後方で控えていた右衛門七は、同志の方々があぶないと夢中で槍を突き入れたのだ。この槍が早水を救ったのだ。十郎太の豪剣が早水を襲った上に右衛門七の槍が遮《さえぎ》ったのだ。瞬間右衛門七の槍は真っ二つに切り落されていた。駄目だと思った早水は倒れた儘、下から大刀を突きあげたのだ。この剣が金井十郎太の脇腹を深々と抉ったのだ。まったくの幸運であったのだ。右衛門七の槍が早水を救ったのだ。脇腹をえぐられた十郎太がうめきながら、よろめき横に歩いた時神崎与五郎が正面から斬り下ろした。

「無念」

とよろよろと倒れ込んで言った。

「金井殿」

と右衛門七が駆け寄った時、

「天晴れ、ご本懐をとげられよ…」

と言って十郎太は息絶えた。壮絶な最期であった。

「右衛門七行くぞ」

と神崎の声に、右衛門七は恩人を討った感傷に浸る間もなく、与五郎と早水を隊列を組んで吉良上野介を追って、屋敷内へと突き進んで行ったのだ。


―この項終り―

都村 光男（とむら みつお）
東京都中央区生まれの江戸っ子。
官庁、民間会社を経て独立し、アートフォーライフ社を設立。
二十年後解散し、年金生活に入る。
執筆活動に専念、著書「西洋館の女」「艶熟の女」や「河出文庫」などがある。
昭和四年四月生まれ。
本名　宍倉輝久

外伝元禄忠臣蔵《がいでんげんろくちゅうしんぐら》　その時《とき》人々《ひとびと》は動《うご》いた

二〇一四年十一月七日　第一発行

著　者　都村　光男
発行者　比留川　洋
発行所　本の泉社
〒113-0033
東京都文京区本郷二-二五-六
Tel　03（5800）8494
FAX　03（5800）5353
http://www.honnoizumi.co.jp/
DTPデザイン：杵鞭真一
印刷　（株）音羽印刷
製本　（株）音羽印刷

SBN978-4-7807-1181-3　C0093　Printed in Japan